最強の虎

二

隠密裏同心 篠田虎之助

永井義男

コスミック・時代文庫

この作品はコスミック文庫のために書下ろされました。

突かば槍　払えば薙刀　持たば太刀

～神道夢想流杖術　道歌より

◇吉原の大門（左）と面番所（門の右）
『吉原夜遊之図』（歌川豊国、寛政頃）、足立区立郷土博物館蔵

氷

◇ 御船蔵
『東都隅田川両岸一覧』（鶴岡蘆水、天明元年）、国会図書館蔵

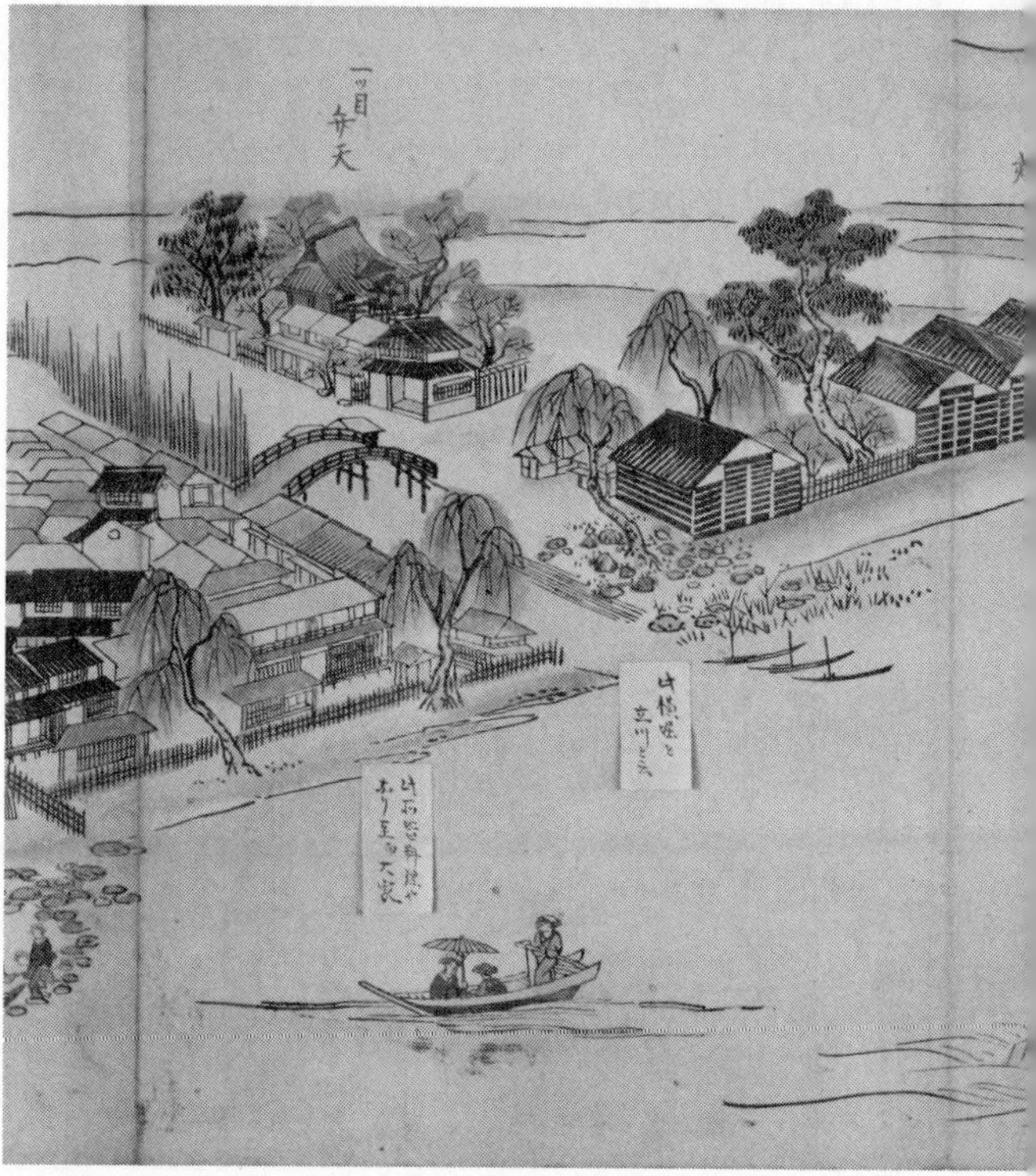
一ツ目
弁天

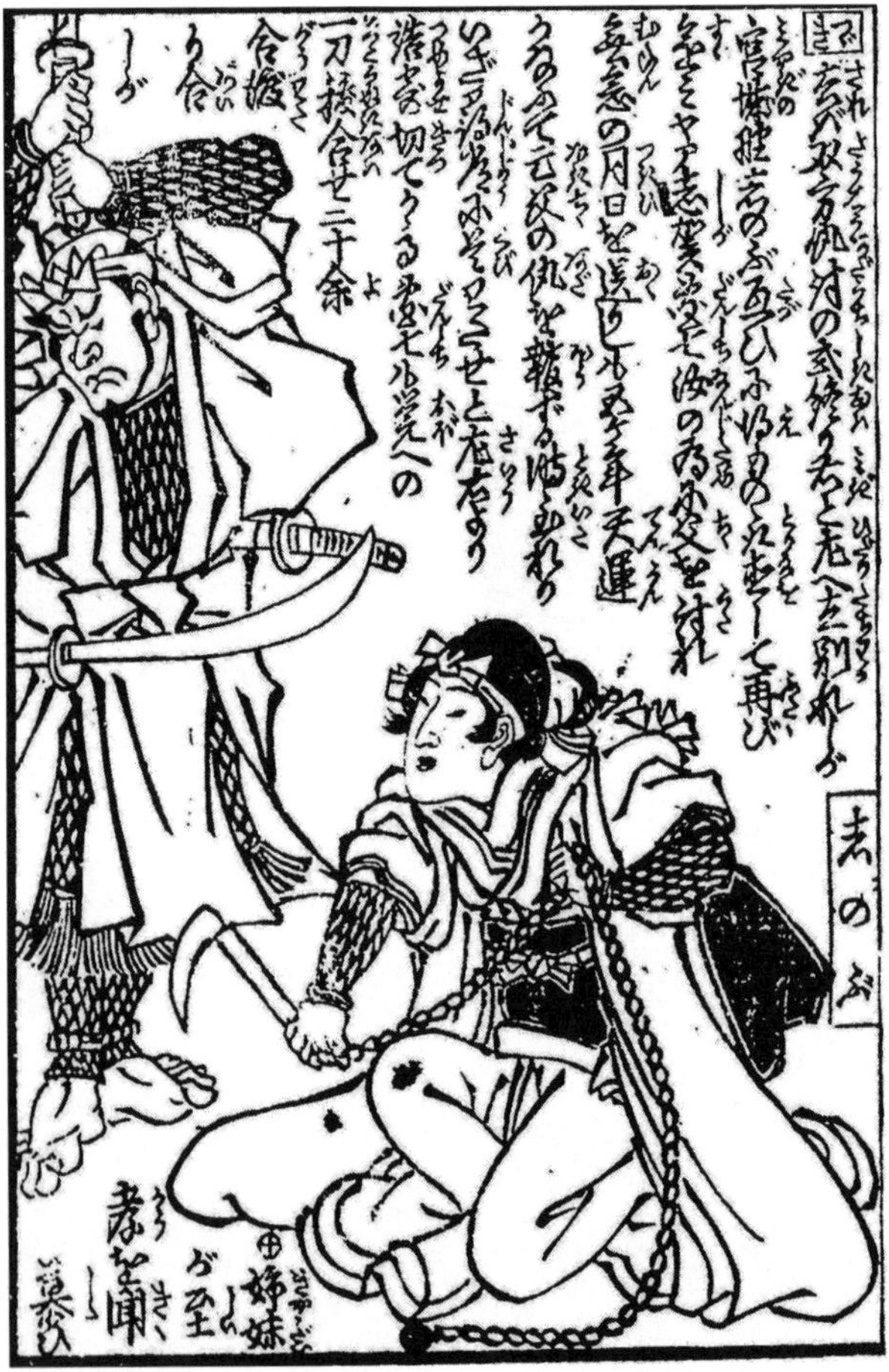

◇ 薙刀（左）と鎖鎌（右）
『白石談娘の仇討』（児玉弥七編、明治十七年）、国会図書館蔵

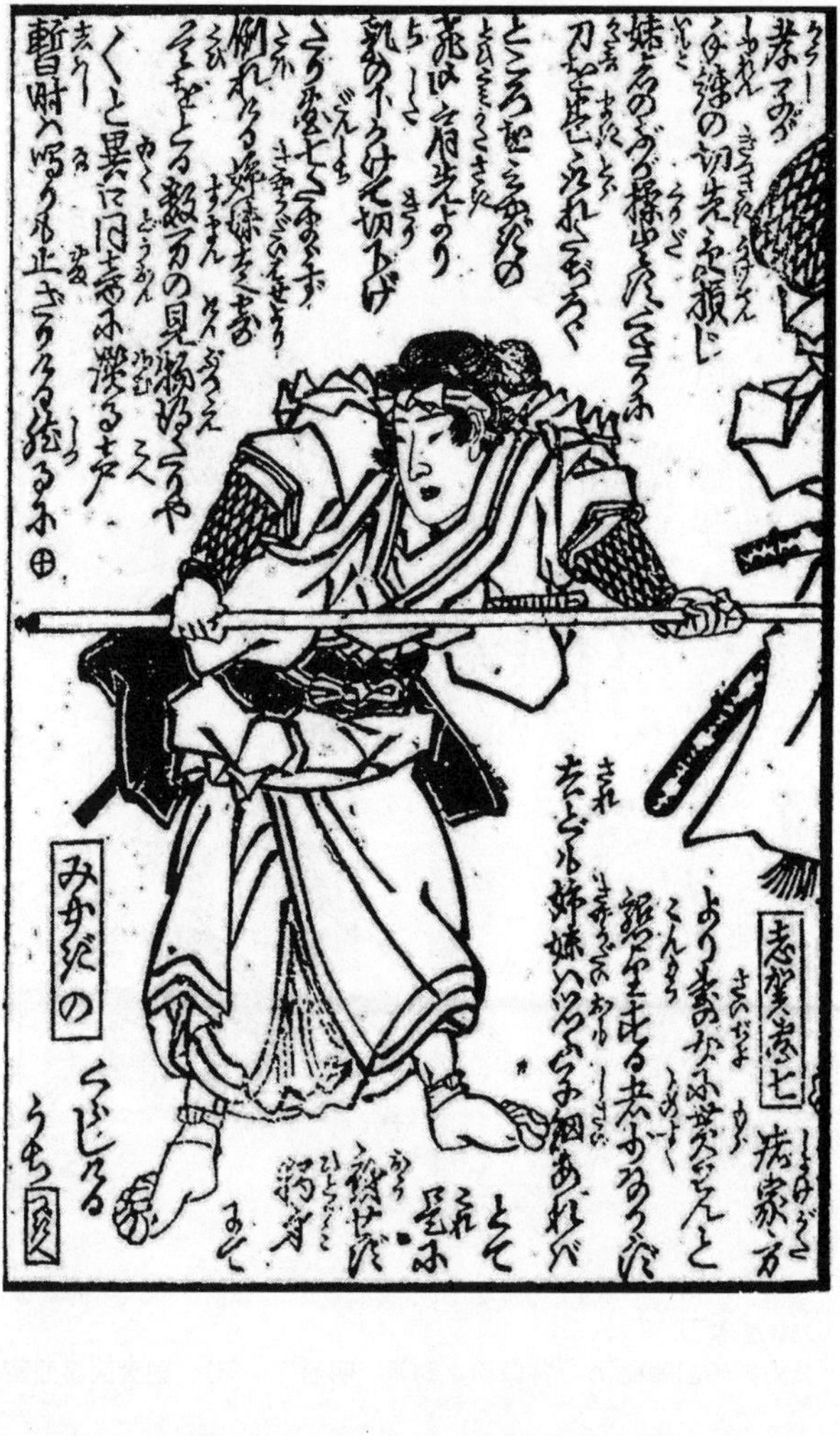

◇棒と木刀

『柔術剣棒図解秘訣』（井口松之助著、明治二十年）、国会図書館蔵

棒ト木太刀ノ法《カタ》

棒ノ法ハ都而三尺ノ隔ヲ要務ト心得フベシ▲

▲木太刀棒ノ立合ハ三四尺ヲ隔ツルヲ定法トス偖双方白眼合乙ハ太刀ヲ真向ニメ✕

第二圖

✕驕シテ打カヽル甲ハ図ノ如ク突立タル棒ヲ引上我カ躰ヲ後ヘ反ル又乙ハツケコミ二度マテ◓

◓打込ム甲ハ又壹足下リ体ヲ入替第三図ノ如ク

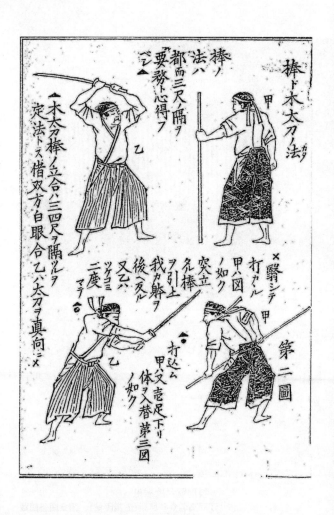

◇ 料理屋と屋根舟
『江戸高名会亭尽』（広重画帖）、国会図書館蔵

◇ 舟饅頭
『盲文画話』（写）、国会図書館蔵

舟まんぢう

◇ 乗物（右）と駕籠（左）

『也字結恋之弥天』（墨川亭雪麿著、天保七年）、国会図書館蔵

◇ 茶漬屋（右）と居酒屋（左）
『金儲花盛場』（十返舎一九著、文政十三年）、国会図書館蔵

目次

第一章　花　魁

一

「篠《しの》さん」

お谷《たに》が、女にしてはやや低い声で言った。

低いにもかかわらず、どこか艶《つや》めいた声である。

そばで、亭主の猪之吉《いのきち》が苦笑していた。

「おい、てめえ、女郎のときとは違うぞ。お武家に対して『篠さん』はねえだろうよ」

茶漬屋の田中屋《たなかや》の一室である。

お谷はかつて深川《ふかがわ》の岡場所の遊女だったが、本人はもちろん、亭主もそれをまったく隠さない。

それどころか、猪之吉は深川の遊女を身請けして女房にしたのが自慢のようだった。

関宿《せきやど》（千葉県野田市）藩の下級藩士とはいえ、武士の家に育った篠田《しのだ》虎之助《とらのすけ》にはとうてい理解できない感覚である。だが、江戸の庶民の感覚に慣れようとしているところだった。

虎之助が言う。

「拙者《せっしゃ》は『篠さん』で、いっこうにかまわんですぞ。少なくとも、『虎さん』と呼ばれるよりはいいですな」

猪之吉とお谷が声をあげて笑った。

田中屋はすでに店を閉じていて、通いの女中や下女はみな帰ってしまった。住みこみの奉公人は、年老いた、耳の聞こえない下男ひとりである。夜明け前から飯炊きをするため、二階の一画に住みこんでいるのだ。

その下男も、さきほど手ぶりで挨拶をして、湯屋に出かけた。

いま部屋にいるのは虎之助、猪之吉・お谷夫婦の三人だけである。

「大沢《おおさわ》の旦那は夜が更《ふ》けてから来るはずです。それまで、内で話でもしながら待ってはどうですか」

お谷が虎之助に勧めた。

大沢の旦那とは、北町奉行所の隠密廻《おんみつまわ》り同心、大沢靫負《ゆきえ》のことである。

「なんなら、女房の三味線で酒でも呑みやすかい。悪酔いするかもしれませんがね」

「なんだい、あたしの声と三味線だと悪酔いするのかい」

お谷が亭主を睨《にら》む真似をした。

猪之吉が笑いながら弁明する。

「いや、てめえの端唄《はうた》と三味線は深川一だぜ。悪酔いするほうが野暮《やぼ》だ」

「よく言うよ」

「せっかくですが、拙者はいったん、お屋敷に戻ります。表門は暮六ツ（午後六時頃）に閉じられますから、それまでに戻っていないと、まずいのです」

虎之助は関宿藩の下屋敷《しもやしき》内にある長屋に住んでいた。大名屋敷の門限の厳しさを述べたあと、続ける。

「いったんお屋敷に戻り、門番に門限内に戻ったことを印象付けておいて、夜が更けてから、例の通路伝いに田中屋にまいります。大沢さまには、そのようにお伝えください」

「へい、わかりやした。大沢の旦那にはそう伝えますよ」

虎之助は大刀を腰に差し、田中屋を出る。

下屋敷に向かって歩きながら、

(さて、夕飯はどうするかな)

と、ややうんざりした気分になった。

江戸で独り暮らしをするようになって、食事を用意するのがいかに面倒かが、初めてわかったのである。

というのも、関宿の篠田家の屋敷にいるとき、食事は質素とはいえ、母と下女がすべて用意していた。虎之助は時刻になれば、ただ食べるだけでよかったのだ。

いま、下屋敷内の長屋の生活では、すべて自分でやらねばならない。

飯だけは毎朝、下屋敷に雇われている下女が炊きたてを一日分、櫃《ひつ》に入れて届けてくれた。

そのため、朝食は温かい飯を食べることができたが、昼食や夕食は冷飯に湯か水をかけて食べる。

ただし、難題は総菜だった。

(沢庵《たくあん》と梅干は常備してあるが……。さて、沢庵で冷飯を食うかな)

虎之助は沢庵だけを覚悟した。

田中屋は伊勢崎町《いせざきちょう》にあった。伊勢崎町の表通りには、あちこちに屋台店が出ている。

虎之助は歩いていて、「天麩羅」という看板を掲げた屋台に気づいた。

（ほう、天麩羅《てんぷら》か）

見ると、大皿の上に、竹串に刺した天麩羅が並んでいた。

前に立った虎之助に、屋台の主人が愛想よく言う。

「そろそろ店じまいでしてね。お安くしておきますよ」

「なにがある」

「残っているのは、穴子、芝海老《しばえび》、こはだ、貝柱でございやすね」

「では、それを全部、もらおう。ただし、持って帰って食べるので、包んでくれるか」

「へい、かしこまりやした。垂れは、どうしますね」

大皿の横に丼が置かれていた。丼には、醤油と味醂《みりん》で作った垂れが入っている。

客は串を指でつまみ、天麩羅を丼の中の垂れにひたして、立ち食いするのだ。

「つけてくれ」

「へい」

主人はそれぞれを軽く垂れにひたしたあと、竹の皮に包んだ。

虎之助は天麩羅で飯を食うのだと思うと、ちょっと浮き浮きしてきた。

長屋の一室に帰った虎之助は、へっついに火がないのに気づいた。

今朝は、朝食を済ませたあと、田所町《たどころちょう》の神道夢想流杖術《しんとうむそうりゅうじょうじゅつ》の吉村《よしむら》道場に行き、稽古をした。稽古後は、道場の門弟と蕎麦屋で蕎麦を食べた。

門弟と別れたあと、虎之介はあちこちぶらついた。江戸の地理に慣れるためもあって、できるだけひとりで歩くようにしていたのだ。

陽が西に傾きかけたのを見て、永代橋《えいたいばし》を渡って隅田川《すみだがわ》を越え、深川に戻ってきた。そして、田中屋に寄り、猪之吉・お谷夫婦と話をした。大沢から連絡があるため、一日に一度は田中屋に顔を出すよう言われていたのだ。

かくして、虎之助は火の気のない部屋に帰ってきたのである。

(う～ん、これから火を熾《おこ》すのもなぁ……)

面倒なのはもちろん、湯を沸かすためだけに薪を燃やすのはもったいないない気がした。

（しょうがない、水をかけて食うか）

湯漬けにしたほうがはるかに美味いに違いないのだが、やむなく、冷飯に水をかけて食べることにした。水なら朝、屋敷内の井戸で汲んだものが瓶の中に入っている。

丼によそった冷飯に、柄杓《ひしやく》で水をかけた。ついでに、沢庵もふた切れ、放りこんだ。

売れ残りだから当然、天麩羅も冷えている。しかし、穴子も芝海老もこはだも貝柱も、それなりにおいしかった。

当初、想像していた夕食とは、かなり趣《おもむき》が異なった。それでも空腹だったので、丼飯を二杯、きれいに平らげて櫃は空になった。

二

関宿藩の下屋敷は、敷地はおよそ一万三千坪と広大だが、入り組んだ多角形をしていた。

敷地のうち、通りに面した二辺はいかにも大名屋敷らしい海鼠塀《なまこべい》だったが、他の辺は武家屋敷や町家の伊勢崎町に接しているため、黒板塀で仕切られていた。

暮六ツの鐘が鳴ってからもしばらく待ち、すっかり暗くなってから、篠田虎之助は腰高障子を開けて、そっと外に出た。

下屋敷は広大だが、およそ十人という少人数で維持されていた。

あちこちにかぼそい明かりが灯っていたが、そのひとつは下屋敷の責任者である天野《あまの》七兵衛《しちべえ》の部屋に違いない。おそらく、行灯《あんどん》の灯で本を読んでいるのであろう。

空は厚い雲に覆われていて、月明かりも星明かりも、ほとんどない。だが、虎之助は手探りで位置関係はほぼわかった。

板塀に節穴がある。その節穴に指をひっかけて引くと、板塀の一部が内側に開き、人が通れるくらいの隙間ができた。

下屋敷を抜けだすと、民家の板壁があった。

板壁を押すと、一部が奥に開いて、やはり人が通り抜けられる隙間ができた。

三味線の音色がはっきりと聞こえる。

隙間をすり抜けると、せまい土間があった。

三味線の音色とお谷の声が、いちだんと高くなる。

〽駕籠《かご》でセッセ、行くのは吉原《よしわら》通い、上がる衣紋坂《えもんざか》アレワイサノサ、いそいそと、大門口を眺むれば、深い馴染みのアレワイサノサ、お楽しみ。

（ほう、吉原を舞台にした端唄《はうた》か）

虎之助は履いていた庭下駄を脱ぎ、土間にあがる。

板戸を横に引くと、田中屋の奥座敷だった。

長火鉢をあいだにして、猪之吉とお谷が座っていた。

お谷は三味線の胴を膝に乗せ、右手に持った撥《ばち》で弾きながら、端唄を口ずさんでいる。虎之助のほうにちらと視線を向けて軽く会釈したが、三味線も端唄も中断する気配はない。

〽やなぎ橋から小舟で急がんせ、舟はゆらゆら、さお次第、舟から上がって土手八丁、吉原へ御案内。

長火鉢の猫板の上には、徳利と湯呑茶碗、それに皿が置かれていた。皿には寿司が乗っている。

　茶碗を手にした猪之吉が言った。

「屋台の寿司屋で買ったのですがね。よろしかったら、どうぞ。こはだと穴子がありやすよ」

「う〜ん、腹は減っておらんのでな」

　虎之助は苦笑するしかない。

　水漬けの丼飯を二杯食べた直後である。それに、こはだと穴子も天麩羅で食べたばかりだった。

「そうですか、では、とりあえず」

　猪之吉が徳利を持ち、酒を勧める。

　虎之助は茶碗で受けながら言った。

「大沢さまは」

「いま二階で、お店者《たなもの》から町奉行所の同心に変身中です」

「ほう、今日は商人姿で探索でしたか」

　虎之助はすでに、北町奉行所の隠密廻り同心である大沢靫負の職務は知っていた。

俗に「三廻り」と呼ばれる同心のうち、定町廻り同心と臨時廻り同心は与力の支配下にある。

ところが、隠密廻り同心は奉行に直属していて、秘密の捜査に従事した。そのため、変装して諸所に潜入することも多い。

田中屋は茶漬屋は表向きで、実際は隠密廻り同心の隠れ家だった。大沢は田中屋の二階に部屋を持っていて、そこで変装をしていたのだ。


大沢が左手に大刀、右手に手燭《てしょく》を持ち、階段をおりてきた。

黒羽織に袴のない着流しで、町奉行所の同心のいでたちである。腰には、脇差を差していた。

「今日は一日、吉原をぶらついてきた」

大沢が長火鉢の前に座った。

お谷が流し目で、言った
「おや、それはお楽しみでしたね」

「二階にいて、そのほうの端唄が聞こえたが、まるで冷やかされているようで、照れくさかったぞ。身共《みども》が吉原に行ったのがわかったのか」

「さきほど、お店《たな》の衆の羽織に匂袋の移り香がしました。高価な匂袋を用いるのは吉原の花魁《おいらん》くらいですから。元玄人の勘ですよ」

「ふうむ、そうか。元玄人、恐るべしだな。

まあ、役目柄、女郎買いをしなければならぬこともある。やはり、客にならないと話を聞きだせないからな」

大沢はやや弁解口調になった。

猪之吉がニヤニヤしながら、

「それはご苦労でしたね」

と、大沢に酒を勧める。

酒をひと口呑んだあと、大沢が口調をあらためた。

「吉原は町奉行所の管轄下にある。大門《おおもん》を入ると左手に面番所という小屋があり、そこに昼夜、町奉行所の役人が詰めている。それだけに、身共は町奉行所の者と知れてはまずいのじゃ。

まだ、はっきりとしたことは言えぬのだが、貴殿に吉原に潜入してもらうことになるかもしれぬ。貴殿のほうが動きやすいからな。よいか」

「はい、かしこまりました」

返事をしながら、虎之助は吉原に妙に縁があるのを奇異に感じた。

虎之助は、大沢の非公式の配下となっていた。

そもそも、関宿藩の藩主の久世《くぜ》大和守広周《やまとのかみひろちか》は、北町奉行・大草安房守高好《おおくさあわのかみたかよし》の実子だった。幼いころ、旗本の大草家から大名の久世家に養子に行ったのである。

そうした関係を背景に、関宿藩士の子弟である虎之助は、久世広周と大草高好両者の合意のもと、北町奉行所の秘密の任務に就くことになったのだ。

虎之助が住んでいる下屋敷でも、この事実は知られていない。

（吉原で動くとなれば、あらかじめ大沢さまに伝え、了解を得ていたほうがよいな）

虎之助は前もって耳に入れておくことにした。

「じつは、まったく別なところから、吉原がらみの相談を受けておりまして――」

＊

関宿にいたとき、剣術道場の同門だった虎之助と加藤柳太郎《かとうりゅうたろう》は藩の有力者から刺客として働くよう命じられた。藩内の対立を背景に、虎之助と加藤は手駒として使われたのである。

役目は果たしたものの、加藤は斬られて死んだ。この加藤の死について、虎之助は自分の判断が甘かったのが原因だと、慙愧《ざんき》と自責の念を抱いていた。

虎之助は関宿を脱出するよう指示され、江戸の下屋敷にいわば隠れ住むようになった。

加藤には、お文《ふみ》という許嫁《いいなずけ》がいた。加藤が非業の死を遂げたため、関宿ではお文に縁談を持ちこみにくい。

このままでは、お文は「いかず後家」になってしまう。

それを心配して、親戚にあたる江戸の深川の伊勢銀《いせぎん》という船問屋がお文を養女として引き取り、その後、小網町《こあみちょう》にある船問屋の息子との縁談をまとめた――。


虎之助の話を聞き終え、大沢が言った。

「貴殿はひとりで三人を斬り捨て、関宿を立ち退いたと聞いておったが」

「いえ、正確には加藤と私のふたりで、三人を倒しました。しかし、加藤は死に、私だけ生き残ったのです。

加藤は私にとり、かけがえのない友人でした。お文どのは、その加藤の許嫁だったのです」

「さようであったか。貴殿がなにか屈託を抱えているようなのは察していたが、そういう、しがらみがあったのか。

で、吉原がらみの相談とはどういうことじゃ」

「お文どのの亭主は、小網町の船問屋の若旦那なのですが、かつて吉原の花魁と深い仲になり、起請文《きしょうもん》を取り交わしていたそうなのです。

若旦那が嫁を迎えるのを知り、花魁の係累《けいるい》という者が押しかけてきて、若旦那が花魁に渡した起請文をたてに、強請《ゆす》ってきたのです。その解決を依頼されました」

お谷が柳眉《りゅうび》を逆立て、やや興奮した口調で言った。

「旦那、女がしゃしゃり出るようで申しわけないのですが、ちょいと、よろしいですか」

「ああ、かまわんぞ」

大沢がうなずく。

お谷が憤然として、まくしたてた。

「篠さん、いくら若いったって、世間知らずにもほどがありますよ。女郎が客の男と起請文を取り交わすのは手練手管《てれんてくだ》です。

あたしなんぞ女郎のころ、起請文は何枚書いたかわかりませんよ。受け取った起請文も、それこそ束になるくらいありましたね。

女郎に渡した起請文をたてに強請るなんぞ、ちゃんちゃらおかしいですよ。まともに取りあうことはありません」

そばで、猪之吉は泣き笑いのような顔をしている。遊女のときのお谷と、起請文を取り交わしていたのかもしれない。

いっぽう、大沢はずばり核心を突いてくる。

「しかし、お文どのの嫁ぎ先がなぜ、貴殿にそんなことを依頼してくるのだ」

「と申しますのは、お文どのが養女として引き取られた伊勢銀は、関宿との関係が深かったのです。そんなことから、私は伊勢銀で、嫁入り前のお文どのにも一度、会っております。加藤の最期の様子を伝えたのです」

「ふうむ、さようであったか。

死んだ朋友の許嫁だった女にかかわることだけに、頼まれればひと肌脱ぎたいということかな」

婉曲な言いまわしながら、虎之助の心理を見事に見抜いている。

虎之助は大沢の鋭敏さに舌を巻いた。

「はい、できれば、役に立ちたいと思っておるのです。しかし、これからのお役目の障《さわ》りとなるようでしたら、断らざるをえませぬが」

「う〜む」

大沢が煙管《きせる》を取りだす。

煙草をくゆらせながら、しばらく考えたのちに言った。

「頼みを聞いてやるがよかろう。しかし、たとえどんな事態になっても、奉行所としてはなにも支援はしてやれぬぞ」

「はい、それは承知しております」

「吉原がらみで動くのは、あとで役立つかもしれぬ。貴殿も少しは吉原に慣れるであろう。

また、これはあくまで勘なのだが、もしかしたら、身共が探索しておる件ともかかわっているかもしれぬ。もし、その疑いが少しでもあれば、身共が本格的に乗りだす。

あくまで貴殿の個人的な仕事だが、身共の件とのかかわりが気になるので、経過や結果は教えてくれぬか」

「承知しました」

そのとき、なにか思いだしたのか、

「おお、そうじゃ。ちょいと待っていてくれ」

と言うや、大沢は手燭を手にして、二階に行った。

しばらくして、大沢は階段をおりてくると、虎之助の前に扇を置いた。

「これを貴殿に渡しておく。鉄扇《てっせん》じゃ」

「鉄扇ですか」

扇の形をしているが、もちろん開くことはできない。要の穴には藤色の房が取りつけられていた。

長さは一尺三寸（約三十九センチ）ほど、重さは七十二匁（約二百七十グラム）くらいだろうか。

手に取りながら、虎之助が怪訝そうに言った。

「鉄製ではないようですが」

「唐木《とうぼく》という硬い木でできておる。鉄製だと重いし、見た目ですぐに鉄扇だとわかってしまう。

だが、それだと木でできているので、帯にはさんでいると、本物の扇に見える」

「なるほど。しかし、どこで用いるのでしょうか」

「吉原の妓楼《ぎろう》は、刀を腰に差したままではあがれないからな。武士はかならず入口で両刀を外し、内所《ないしょ》と呼ばれる楼主の居場所にあずけなければならない。もちろん、貴殿の得意な杖も持ってあがることはできぬ。

だが、その鉄扇なら扇と見られ、帯に差したままあがれるだろうな」

「妓楼での護身用のためですか」

「そう考えてもよい。いざというときのためじゃ。鉄扇は短いので、刀にはとうてい太刀打ちできまい。しかし、匕首《あいくち》なら対処できよう。

独り稽古になるが、鉄扇の使い方を工夫しておくがよかろう。とりあえず、慣れることだな」

「はい、かしこまりました」

「では、身共は帰るぞ」

大沢が腰をあげた。

猪之吉が提灯の用意をする。

三

小網町の船問屋・井筒屋《いづつや》の使いが持参した手紙には、面会場所として北新堀町《きたしんぼりちょう》の小料理屋が指定されていた。

深川の地から見ると、永代橋を渡って隅田川を越えたところが北新堀町である。

篠田虎之助は北新堀町という地名を目にして、なにか思惑があるのだろうかという疑念が芽生えた。というのも、北新堀町には関宿藩の中屋敷があったのだ。

もちろん、虎之助は一度も顔を出したことはない。

（いや、考えすぎだろうな）

井筒屋としては地元の小網町は避けたいので、ほど近い北新堀町にしたのであろう。また、深川から来る虎之助にとっても、永代橋を渡ればすぐの場所にするという配慮だったろう。

ふたつを勘案して、北新堀町となったに違いあるまい。

関宿藩の中屋敷があるのは偶然でしかなかろう。

虎之助は頭から疑念を振り払い、永代橋に向かった。

（たくさん、船が停泊しておるな）
永代橋を渡りながら左を見ると、江戸湾の海が広がっている。
関宿で育った虎之助は幼いころから舟は見慣れていたが、すべて川舟だった。
江戸に来て初めて、海を越える大型の船を見た。
つい、足が止まり、船や海に見とれてしまう。
船の帆に止まる、あるいは海上を舞う鴎《かもめ》も、江戸に来て初めて見た鳥だった。
橋の上で海を眺めていると、九ツ（正午頃）の鐘の音が響いてきた。
（あ、もう九ツだな。こうしてはいられぬ）
虎之助は足を早めて永代橋を渡りきった。
北新堀町の表通りを歩いていると、左手に、

即　　御誂向御好次第
〽勝　御料理
席　　仕出し仕候
三河屋勝次郎

と書かれた看板が目に入った。

（ふうむ、ここだな。即席とあるので、その場で料理を注文するわけか。お誂《あつら》え向きに応じてお好みしだい、仕出し仕《つかまつ》り候《そうろう》、か）

虎之助は、紺地に「みかわや」と白く染め抜かれた暖簾《のれん》をくぐって、土間に足を踏み入れた。

すぐに、若い者が寄ってくる。

「いらっしゃりませ」

「井筒屋どのと約束があるのだが」

「へい、へい、うかがっております。こちらへどうぞ」

土間に履物を脱ぎ、板敷にあがる。

すぐに二階に通じる階段があった。

虎之助は若者に案内されて階段に足をかけながら、食欲を刺激するよい香りがただよってくるのに気づいた。台所で魚を煮ているようだ。

日頃、虎之助は料理屋で食事をする機会などない。外食をする場合でも、せいぜい一膳飯屋か蕎麦屋、そして茶漬屋の田中屋だった。

座敷の窓の障子は開け放たれているため、日本橋川を行き交う舟が見渡せる。日本橋川といってもこのあたりは河口に近く、少し先で隅田川に注ぎこんでいた。

座敷には四十代の男と、二十歳前後の男がいた。

四十代の男は、井筒屋の番頭の七郎兵衛《しちろべえ》である。先日、虎之助は伊勢銀の番頭の伝兵衛《でんべえ》に紹介された。そして、このとき、井筒屋の若旦那に降りかかった難儀について聞かされたのである。

「専太郎《せんたろう》でございます」

二十歳前後の男が丁重な辞儀をした。

大店の若旦那ということで、虎之助は色白で、なよなよとした色男を予想していた。

ところが、目の前の専太郎は端正な顔立ちながら、顔色はやや浅黒く、顎もがっしりしており、むしろたくましい印象がある。

(ほう、これがお文の夫か)

虎之助は胸の一部にかすかな疼痛《とうつう》を覚える。

初対面の挨拶をしたあと、虎之助は「お文どのはお元気か」と言いそうになったが、思いとどまった。

七郎兵衛が手を鳴らした。

「篠田さま、御酒《ごしゅ》は召しあがりますか」

「いや、このあと、道場に稽古に行くので、酒はやめておきます」

手の音を聞き、女中が顔を出した。

「へい、お呼びですか」

「料理を出しておくれ」

七郎兵衛が命じる。

すでに料理は頼んでいたようだ。

虎之助が専太郎に言った。

「吉原の花魁と起請文を取り交わしたとのことですが、将来の夫婦約束をしていたのですか」

「いえ、そこまで深入りはしておりませんでした。

心変わりしないことを神仏に誓い、もし約束を破ればどんな神仏の罰《ばち》があたってもかまわないと誓約した証文で、ごくありきたりの起請文です。

それでも、当時は嬉しかったのです。花魁が本気なのだと思いましてね。ただし、いまは後悔しておりますが」

「遊女が客の男と起請文を取り交わすのは、いわば手練手管のひとつですぞ。遊女は同文の起請文を多くの男に渡しています。そんな代物《しろもの》に証文の効力はありますまい」

虎之助が力説したが、お谷の受け売りである。

七郎兵衛がうなずきながら言った。

「それは承知しております。かく言うあたくしも、若いころ、吉原の遊女と起請文を取り交わし、有頂天になっていたものでした。

起請文をたてにお奉行所に訴えても、門前払いでございましょうな。つまり、証文としての効力はありません。

しかし、あたくしどもは堅気の商人です。ならず者が押しかけてきたり、店先で騒がれたりするのは打撃なのです。

そこで、旦那さまとも相談して、若旦那が花魁に渡した起請文を金で買い取ることにしたのです。それも、証文ではなく、あくまで若旦那の思い出の品としてです。そして、金を渡すと同時に、先方からは受け取りの証文をもらうのです。

こうすれば、もう後腐れはありませんから。

そして、その金と起請文の引き換えの場に、お武家の篠田さまに同席していただきたいと考えておりました」

「なるほど、井筒屋が金を出すつもりであれば、それがいちばんよい方法だと思いますぞ。拙者も同席するのを断る理由はありませぬ」

「ところが、雲行きが怪しくなってきましてね」

そこに、女中が膳を運んできたため、話は中断する。

虎之助は前に置かれた膳の上の椀や皿を見て、内心、ほぉ～ッと感心した。色どりも考えた、手の込んだ料理が並んでいる。

「とりあえず、食べましょうか」

七郎兵衛が勧めた。

虎之助が吸物椀の蓋を取ると、湯気とともに匂いが立ちのぼる。まさに、さきほど階段に足をかけたときに嗅いだ匂いだった。

椀の中は、澄みきった汁の中に鮃《ひらめ》の切身が入っている。純白の身に重ねられた三つ葉の緑があざやかだった。

虎之助はひと口、すすってみて、塩味のなかに深い滋味を感じた。ため息をつきたくなる美味さである。

「ほう、これは潮汁《うしおじる》でしょうか」

「塩味で仕立てるところは潮汁に似ておりますな。これは、『平目のせんば煮』と申すようでございます」

七郎兵衛が遠慮がちに説明した。

虎之助は関宿の篠田家でも、潮汁と称するものを食べたことがあったが、骨付きの魚の切身を濃い塩味で仕立てた、いわば煮物だった。

（ふうむ、江戸の料理屋ともなると、洗練された料理を出すのだな）

虎之助は『ひじき白和《しらあえ》』にも驚いた。関宿でもひじきはよく食べていたが、油揚とひじきを炊きあげたものだった。

ところが、ひじき白和は、ひじきだけでなく、裏漉《うらご》しされた豆腐や、生姜《しょうが》のしぼり汁、擂《す》り胡麻などが和《あ》えられており、手のかけ方がまったく違う。

（ふうむ、ひと手間もふた手間もかけることで、料理は美味くなるということか。若旦那の専太郎も番頭の七郎兵衛も、こういう料理は食い慣れているのだろうな）

そう思うと、虎之助は自分の感激がやや恥ずかしかった。

七郎兵衛が手を鳴らして女中を呼び、膳をさげさせた。

女中が去ったあと、七郎兵衛が話を再開する。

「花魁は夕霧《ゆうぎり》といいます。また、若旦那が夕霧に渡した起請文で強請ってきた連中の背後にいるのは、北村恒平《きたむらこうへい》というお武家で、夕霧の兄と称していましてね。

北村さまはお武家のようなのですが、くわしいことはわかりません。しかし、北村さまの配下はあちこちで強請りたかりを働き、鼻つまみになっているようです」

「夕霧が北村恒平どのの妹というは、たしかなのですか」

「じつは、そのあたりも定かではないのです」

「風向きが変わってきたとは、どういうことですか」

「さきほど申しあげたように、金で起請文を買い取るよう交渉しようとしていたところ、北村さまの手下のならず者数人が井筒屋に押しかけてきたのです。しかし、起請文には触れず、

『おい、夕霧をどこに隠した』

と、すごい剣幕なのです。

あたくしどもも、最初はわけがわからず、途方に暮れるばかりだったのですが、先方の言い分を聞くと、夕霧は急に身請けされたらしいのです。しかも、誰が身

請けしたのかよくわからないようでしてね。

それで、北村さまは若旦那が夕霧をひそかに身請けし、どこかに隠したと疑っているのでしょうね。

そこで、手下に井筒屋を見張らせ、若旦那が外出するのを尾行しようとしているようなのです。夕霧が隠れ住む場所を突き止めるつもりなのでしょうな」

「ほう、頭領の北村どのも、夕霧の行方を知らないわけですな」

「このままでは気味が悪いのはもちろん、若旦那に危害がおよびかねません。そこで、真相を確かめようと思うのです」

「吉原に行くわけですか」

「はい、さようです。そこで、篠田さまにご同行をお願いしたいのです」

「ふ〜む」

虎之助は、まだ吉原に足を踏み入れたことはなかった。

おおいに興味はあるので、よい機会になろう。

さらに、隠密廻り同心の大沢靱負は吉原でなにやら探索に従事しているようである。大沢の次なる指令の準備のためにも、吉原を歩いておくべきであろう。

「そうですな。で、いつですか」

「今日、これからでもかまいませんが」

だが、これから出かけていたら、下屋敷に戻るのは暮六ツ（午後六時頃）を過ぎよう。虎之助としては応じられない。

「今日は無理ですな。明日の朝から出かけましょう。

ところで、専太郎どのはどうするおつもりか」

「あたくしが張本人ですから、もちろん、まいるつもりでおります」

専太郎がきっぱりと言った。

虎之助が諫《いさ》める。

「七郎兵衛どのの話をうかがったかぎりでは、そなたが吉原を歩くのは危険ですぞ。やめておいたほうがよい」

七郎兵衛が、虎之助と専太郎を交互に見ながら言った。

「あたくしは若旦那をお止め申していたのですがね。

若旦那、篠田さまのおっしゃるとおりです。ここは、あたくしと篠田さまにお任せください」

「はい、わかりました」

専太郎は下を向いたまま言った。

いかにも面目《めんぼく》なさそうである。虎之助は専太郎に同情を覚えた。

明日の時刻と場所を決めて別れたあと、虎之助は田所町の吉村道場に向かう。

歩きながら、杖の動きが鉄扇の使い方に応用できるのではないかと考えていた。

というのも杖術には、刀との対戦を想定した技が多い。鉄扇で匕首や短刀に対処するとき、体のさばき方が応用できそうな気がしていたのだ。

四

深川佐賀町《さがちょう》の船宿に着いたとき、五ツ（午前八時頃）の鐘が響いてきた。

篠田虎之助を見て、店先の床几《しょうぎ》に腰かけていた番頭の七郎兵衛が立ちあがった。

昨日の地味な装いとは異なり、結城縞《ゆうきじま》の小袖に唐桟《とうざん》の羽織という粋ななりだった。やはり、吉原を意識しているのだろうか。

七郎兵衛が船宿の女将《おかみ》に言った。

「では、出しておくれ」

「へい、かしこまりました。こちらへ」

前垂れをした女将が、ふたりを隅田川に突きだした桟橋に案内する。

棒杭に舫《もや》われた屋根舟では、船頭がすでに待機していた。

女将が最後の確認をする。

「堀だよ」

「へい、わかっていやす」

船頭が威勢のいい返事をした。

吉原の関係者や通人、そして船頭などは山谷堀《さんやぼり》のことを気取って「堀」と言った。つまり、堀と言えば山谷堀のことだった。

虎之助と七郎兵衛が乗りこんだのを見て、船頭が舫い綱を解いた。

棹を使って舟を桟橋から離したあと、船頭は艪《ろ》に切り替え、隅田川をさかのぼっていく。

屋根舟には、畳四枚分くらいの座敷がある。簾《すだれ》が屋根に巻きあげられているので、川風が入ってくるのはもちろん、舟からの眺望もよい。

対面して座った七郎兵衛が言った。

「不躾《ぶしつけ》ながら、篠田さまは吉原でお遊びになったことはございますか」

「江戸に出てきて、一度は行きたいと思いながら、機会がありませんでした。そのため、なにも知りませせぬ」

「さようですか。では、簡単にご説明しておきましょう。吉原は、江戸町《えどちょう》一丁目、江戸町二丁目、揚屋町《あげやまち》、角町《すみちょう》、京町《きょうまち》一丁目、京町二丁目、伏見町《ふしみちょう》に分けられておりましてね。もちろん、境界に塀や堀があるわけではございませんが。いちおう、区分けがあるわけです。

角町に絹屋《きぬや》という妓楼がございます。若旦那の馴染みだった夕霧は、この絹屋の遊女です。

俗に『遊女三千』と申しておりまして、時代により増減はあるようですが、実際に三千人ほどの遊女がいるようです。ただし、上級遊女を花魁《おいらん》、下級遊女を新《しん》造《ぞう》と呼んでおります。夕霧は絹屋の花魁だったわけですな」

ここで、虎之助が質問をした。もっとも気がかりなこと、肝心な点といってもよかろう。

「ところで、吉原で遊ぶには、どれくらいの金がかかるのですか」

「花魁にも階級がありまして、最高位を『呼出《よびだ》し昼三《ちゅうさん》』といいます。この呼出し昼三の揚代《あげだい》が一両一分でございます。

ただし、呼出し昼三と床入りするとなりますと、揚代だけでは済みません。床入り前に芸者や幇間《ほうかん》を呼んで盛大な宴席をもうけ、豪華な仕出料理も取り寄せます。さらに若い者などにも祝儀をはずみますから、客の負担は揚代の数倍になるでしょうな」

「ふうむ」

虎之助は圧倒される気分だった。

しかし、世の中にはそういう遊びをしている人間もいることになろう。

ふと気になった。

「すると、若旦那の専太郎どのも、そんな豪遊をしておったのですか」

「夕霧は花魁でしたが、呼出し昼三ではなく、『部屋持』と呼ばれる階級でした。ですから、揚代は一両一分まではいきません。まあ、それでも高額なことに違いはありませんが。

もし吉原で放蕩《ほうとう》を続けていたら、借金が膨らみ、最悪の場合、若旦那は勘当になっていたかもしれません。

じつは、旦那さまが若旦那とお文さまの婚礼を急いだ背景には、

『嫁をもらえば、専太郎の吉原通いもやむであろう』

というお考えがあったのです」

「なるほど」

虎之助は納得しながらも、お文が専太郎の放蕩をやめさせる手段として人身御供にされたかと思うと、ややつらかった。

「ところが、祝言を終えた途端、北村恒平さまの手下たちが押しかけてきましてね。

あたくしは、お文さまが気の毒でなりません。しかし、お文さまはさすが、お武家の家に育っただけに気丈でございますな。泣き言や不平不満はいっさいおっしゃりませんし、顔や態度にもお出しになりません」

虎之助は、胸を締めつけられるようだった。

深川の伊勢銀で会ったお文の顔が目の前に浮かぶ。

だが、無表情をたもった。

「今回の件をうまく処理できれば、若旦那も懲りて、吉原には足を向けなくなるでしょう。その後は、いわゆる『雨降って地固まる』で、ご夫婦仲はむつまじくなると、あたくしは思っているのです」

「うむ、そうなるとよいですな」

虎之助は話を聞きながら、専太郎の難儀を解決するのは、お文のためでもあると感じはじめた。

というより、虎之助はお文のために働こうと決意した。

屋根舟が左に曲がっていく。いよいよ山谷堀である。

山谷堀は隅田川に流れこむ掘割の名称だが、一帯をさす地名でもあった。

沿岸には船宿が軒を並べ、水上に突きだした多数の桟橋には、屋根舟や猪牙舟《ちょきぶね》が停泊している。

いましも出ていく舟、入れ替わるようにやってくる舟と、舟の出入りはひっきりなしで、山谷堀はにぎわっている。すなわち、吉原のにぎわいだった。

*

山谷堀で下船したあと、七郎兵衛が駕籠を頼んだ。

虎之助としては窮屈な駕籠は好きではなかったし、吉原に通じる一本道である日本堤《にほんづつみ》を自分の足で歩き、まわりの風景も眺めたい気がした。

だが、商人が駕籠に乗り、武士が歩いて供をするわけにもいかない。

やむをえず、駕籠に乗りこんだ。

「へい」

「ほう」

掛け声をかけながら二丁の駕籠が日本堤を進む。

虎之助は揺られながら、駕籠から左右を眺めた。

日本堤は土手道で、周囲より高くなっているため、左右には水田が広がっているのが見えた。いわゆる「吉原田圃《よしわらたんぼ》」である。

こうした田園風景の先に吉原があるのが、不思議な気がした。

駕籠は日本堤から五十間道《ごじっけんみち》をくだり、大門の前に止まった。

七郎兵衛が駕籠からおり立つと、言った。

「医者以外、駕籠に乗ったまま大門を通るのは禁止されておりましてね。お大名でも駕籠からおりて、歩いて大門を入らなければなりません」

「ほう、そうなのですか」

虎之助は七郎兵衛と連れだって大門を入りながら、左手にある面番所に目をやった。

板屋根の小屋で、大きく開いた窓から、中に町奉行所の役人が座っているのが見えた。大門を出入りする人を監視しているようだが、緊張感は皆無だった。退屈な任務なのであろう。

大門を入ると、大通りがまっすぐに伸びていた。この大通りが、仲之町《なかのちょう》である。

仲之町の両側には、二階建ての引手茶屋が軒を連ねていた。さほど大きくないが、どれも瀟洒《しょうしゃ》な建物だった。

「吉原は、昼見世《ひるみせ》と夜見世《よみせ》の、一日に二回の営業でしてね。昼見世は九ツ（正午頃）から七ツ（午後四時頃）まで、夜見世は暮六ツ（午後六時頃）からです」

「まだ九ツになっておりませんぞ」

「はい、昼見世前ですので、遊女にはまだ客がついていません。話を聞くには好都合というわけです」

「なるほど。絹屋は角町ということでしたが」

「はい、この木戸門をくぐると角町です」

仲之町の左側に、引手茶屋と引手茶屋のあいだに木戸門があり、上に角町と記されていた。

木戸門をくぐると、通りの両側には豪壮な造りの妓楼が並んでいる。

「商人のあたくしが、お武家の篠田さまを案内する格好にしましょう。それがいちばん自然で、怪しまれないでしょうから。ですから、できるだけ威張っていてください」

「はい、心得ました」

「絹屋はここですな」

左右を見ていた七郎兵衛が言った。

通りに面して格子《こうし》張りの座敷があったが、中は無人である。

「これが有名な張見世《はりみせ》です。中に遊女が居並び、客の男は通りから格子越しに眺めて、相手を決めるわけですな。あいにく、昼見世前ですので、いまは誰もいませんが」

張見世の横に、柿色に「きぬや」と白く染め抜いた暖簾をさげた入口がある。

入口の前で、三人の男がなにやら言い争っていた。

ふたりの男が喰ってかかり、若い者が言い返している。

「何度言ったらわかるんだい。いないと言っているだろう。帰らないなら、人を呼ぶぞ」

ふたりはチッと舌打ちをすると、離れていくが、その際、チラと七郎兵衛と虎之助のほうを振り返って見た。その視線はいかにも険悪だった。

七郎兵衛がすばやく財布から金を取りだし、懐紙に包んでおひねりを作った。

若い者のそばに行くや、さりげなく手渡す。

「受け取っておくれ」

「へい、旦那、これは、どうも」

若い者はちょっと前の興奮がまだ鎮まらぬのか、呼吸が荒かった。だが、もらったおひねりは、すぐに袂《たもと》に放りこんだ。

「ちと、教えてほしいのだが」

「へい、なんでがしょう」

「花魁の夕霧さんはいるかい」

「夕霧さんはもう絹屋にはいませんよ。身請けされて吉原を出ていきました」

「誰に身請けされたのかい」

「それが、あたしらにもよくわからないのですよ。旦那さまもくわしくは知らないようでしてね。お大尽《だいじん》には違いないでしょうがね。本町の伊勢屋とか、なんとか。しかし、伊勢屋という屋号はたくさんありますからね。

そう言えば、さっきのふたりも、夕霧さんの居場所をしきりに聞いてきましてね。しつこいこと、しつこいこと。あたしらが隠しているとでも思っているのでしょうかね」

若い者が忌々《いまいま》しげに言った。

夕霧の行方について、くわしいことは本当に知らないようだった。

五

「では、引手茶屋を訪ねてみましょう」

仲之町に戻り、歩きながら番頭の七郎兵衛が言った。

篠田虎之助が初歩的な質問をする。

「引手茶屋とは、どういう茶屋ですか」

「いわば、吉原遊びの案内役でございますな。引手茶屋を通せば、男は上客扱いを受けて、いい気分が味わえるのです。もちろん、そのぶん、金もかかるわけですがね」

「引手茶屋を通すとは、どういうことですか」

「男は普通、妓楼の張見世に並ぶ遊女を眺めて、気に入った相手を決めます。

ところが、金のある男はまず引手茶屋にあがり、そこで亭主や女将に、自分の希望する遊女を告げるのです。それを受けて、茶屋の若い者が妓楼に走って段取りをつけてくれます。

しばらく酒などを呑んだあと、時刻になると、やおら引手茶屋の案内で妓楼に向かうわけですな。

妓楼でも、引手茶屋の案内で来た客は、下にも置かぬもてなしをします。遊女も、ほかの客は放っておいても、引手茶屋を通した男は大事にしますからな。

それと、引手茶屋を通した場合、客はいちいち金を払うわずらわしさがないのです。引手茶屋がすべて立替払いをしてくれますから。

ただし、そこが怖いところでもありましてね。客はいつのまにか引手茶屋に、多額の借金ができているというわけです」

「すると、専太郎どのも引手茶屋に借金があったのですか」

「はい。あたくしが引手茶屋に出向き、きちんと清算しました。

先方は、もう若旦那が来ないとわかっているので、かなり吹っかけたようでしたがね。しかし、あたくしは黙って、耳をそろえて支払いました。つい先日のことなので、先方もあたくしを覚えているはずです。

ここです」

七郎兵衛が立ち止まった。

店先の暖簾には、紺地に「こじま屋」と白く染め抜かれていた。

「ご亭主の小右衛門《こえもん》さんはいらっしゃいますか」

七郎兵衛が声をかけると、すぐに四十代なかばの男が顔を出した。

「おや、井筒屋の番頭さんでしたな」

やはり、覚えていたようだ。

それに、七郎兵衛がうるさいことは言わず、言い値をポンと支払ったので、悪い印象は持っていないのであろう。

「どうぞ、おあがりください」

「いや、ここでけっこうです」

七郎兵衛は店先に腰をおろした。

虎之助はそばに立ったままである。

「ちと、教えてほしいことがあるのですが。あちらのお武家さまが、まあ、花魁の夕霧さんに、まあ、それで」

七郎兵衛が言葉を濁す。

小右衛門がちらと虎之助を見た。相手の曖昧な言いまわしに、かえって好奇心が募《つの》ったようだ。

「絹屋の夕霧さんですか」

「はい、身請けされたと聞いたのですが、よく事情がわからないものですから」

「へい、へい、本町の伊勢屋の主人が身請けしたことになっているのですが、これは目くらましですな」

「ほう、どういうことですか」

「本町の伊勢屋はあくまで名代《みょうだい》で、実際に身請けをしたのは、名前を表に出せない方ではないかというのですがね」

「ほう。すると、お大名でしょうか」

小右衛門がちらと虎之助を見た。

やや声を低めて言う。

「いや、お大名どころか。なんと、大御所さまではないかという噂もありましてね」

虎之助は内心、エッと叫んだ。

十一代将軍家斉《いえなり》は去年、将軍職を退いて本丸から西の丸に移り、大御所と称している。

家斉の好色と精力絶倫は、江戸の一般の庶民でも知っているほど有名だった。

将軍の座にあるとき、さすがに吉原の遊女を大奥に置くことはできない。だが、大御所となったいま、家斉ならやりかねないというのが、人々の感想であろう。

「では、夕霧さんはいま、お城の西の丸にいるのですか」

七郎兵衛が呆れ顔で言った。

小右衛門が笑いながら手を横に振る。

「まさか。あくまで冗談半分、やっかみ半分の噂ですよ。ほかで、大きな声で言わないほうがよいですぞ」

「もちろん、心得ております。それにしても、大御所さまが出てくるとは、さすが吉原の花魁ですな。

ところで、北村恒平というお武家をご存じですか」

「なぜ、そんなことを知りたいのですか」

小右衛門は相手の質問に、さすがに警戒を強めたようである。

七郎兵衛は財布を取りだし、二分金などを相手に見えるようにつまむと、懐紙に包む。

「まあ、取っておいてください」

「はあ、これはどうも」

小右衛門は当然のように受け取り、袂に入れる。

そばで見ていて、虎之助は商人の、相手に応じた金の渡し方に感心した。金額がわかるようにして渡す場合もあるのだ。

「じつは、吉原では北村恒平という人物は有名で、知らない人はいないほどです。しかし、実際は誰も知らないのです」

「ほう、どういうことですか」

「ちょっとしたことに言いがかりをつけてくる連中がいるのですがね。要するに、強請りです。その連中が、『北村恒平さまの配下の者だ』と称しているのです」

「お武家なのですか」

「お旗本ではないかという噂もあります。あるいは、まったくの別名で、表向きは商人として吉原に住んでいるのではないかという説もあります。正体が知れないので厄介でしてね。

いつしか、北村恒平という名を聞いただけで、ギクリとするようになりました。じつは、ここにも押しかけてきたことがありましてね」

「ほう、どういうことだったのですか」

「恥を申すことになりますがね。あたくしどもの若い者が客人に対して、ちょいとした誤魔化しをやったのです。すると、北村恒平さまの命《めい》を受けたと言う連中

が押しかけてきて、

『小島屋の不正を糾弾する文を書き、あちこちに貼る』

と告げたのです。

もちろん、非はあたくしどもにあるのですが、そんなことをされたら商売に大打撃ですからな。けっきょく、金を払ってお引き取り願いました。高いものにつきましたよ。

おおっぴらに口にしないだけで、そうした強請りにあっている店は多いと思いますぞ。

井筒屋にも、連中が来たのですか」

小右衛門も、七郎兵衛の来訪の意図を察したようである。

七郎兵衛が慎重に言う。

「若旦那が夕霧に渡した起請文を手に入れたようなのです」

「ははん、連中は強請りのネタを探していますからな。

夕霧さんは急に身請けが決まり、身のまわりの整理を若い者に頼んだのでしょう。若い者が起請文を見つけ、ひそかに売ったのだと思いますぞ。

妓楼の若い者は北村恒平という名に戦々恐々としていますが、うまく利用すれば自分も金が稼げるわけです」

　虎之助はそばで聞きながら、北村恒平とその配下は吉原の寄生虫のような存在だと思った。

　しかし、吉原の一部の人間は、そんな連中と持ちつ持たれつの関係を築いていると言えようか。

　七郎兵衛が首を傾げながら言う。

「最初はそれなりの金を出して買い戻すつもりだったのですが、その後、連中は起請文のことは忘れたかのようです。懸命に夕霧さんの行方を追っているようでしてね」

「起請文より、もっと大きな餌《えさ》を見つけたということではありますまいか。それに、夕霧さんはすでに身請けされてしまいました。もう、起請文には価値はありますまい」

　小右衛門が受けあう。

　七郎兵衛が安堵の表情になった。

六

大門を出ると、七郎兵衛はずらっと客待ちをしている駕籠に声をかけそうになったが、思い直したようである。

「どうですか、ちょいと、なにか腹に入れませんか」

「そうですな、そろそろ九ツ（正午頃）ですかな」

篠田虎之助も同意する。

五十間道の両側には、茶屋や商家が軒を連ねている。

見まわしていた七郎兵衛が、茶屋の前に置かれた置行灯に「ぞうに」と記されているのに気づいたようだ。

「雑煮にしましょう」

茶屋に足を踏み入れると、かなり混みあっていた。奥の座敷はもちろんのこと、土間に置かれた数脚の床几も満員である。

やむなく、ほとんど店先に置かれた床几に、ふたり隣りあって腰をおろした。

床几に腰をおろすに先立ち、虎之助は腰から大刀を鞘ごと抜き、かたわらに横たえた。

やがて、注文した雑煮が運ばれてくる。

虎之助が椀を左手に持ち、中を見ると、鰹節で出汁《だし》を取った醬油の澄まし汁に、焼いた切り餅と青菜、それに里芋が入っていた。

まず汁をすすり、右手に持った箸で餅をつまもうとしたときだった。

すっと三人の男が床几の前に立った。しかも、虎之助の膝に脚が当たりそうなくらいに接近している。

三人とも二十歳前後で、みな目つきに威嚇的な光があった。

ひとりは、さきほど絹屋の前で、若い者に詰め寄っていた男に似ている気がした。

いま、大刀は左側に横たえている。虎之助が左手で椀をささえ、右手に箸を持つのを待ち、近づいてきたのがわかる。

大刀を手にできない瞬間を狙っていたのだ。かなり喧嘩慣れした連中に違いない。

虎之助はいちおう箸を止め、椀を持ったままで相手を見つめる。

そばで、剣呑な気配に七郎兵衛は真っ青になっていた。箸と椀を持った手がかすかに震えている。

「おめえさんら、絹屋の夕霧さんのことを調べているようだね」

「そのほうらは、何者だ」

「お侍さん、わっしら、腰に二本棒を差した男を見ても、べつに尻尾を巻くような人間じゃあ、ありやせんぜ」

見ると、三人とも右手をふところに入れている。匕首《あいくち》を忍ばせているのを誇示していることになろうか。

虎之助は胸の鼓動が早かった。やはり、緊張している。

だが、手が震え、足がすくむような恐怖感はない。すでに実戦の経験があるからであろう。

「ほう、威勢がいいな。北村恒平どのの手下か」

「なにぃ」

目の前の男が、ふところから右手を抜こうとした。

すかさず、虎之助が左手の椀を顔に投げつける。

男はとっさに顔をそむけて、かろうじて顔面への直撃を避けたが、顎から胸にかけて、べっとりと餅と汁が垂れる。

「くそっ」

男があわてて左手で餅を払いのけようとするところ、立ちあがりざま、虎之助が相手の向こう脛を蹴った。

男は苦悶《くもん》のうめき声を発しながら、その場にうずくまる。

虎之助は帯のあいだから鉄扇を抜くや、うずくまった男の脳天を撃った。バシンと鈍い音がする。

男はそのまま地面に突っ伏した。

左側の男は、匕首を取りだしたところだった。虎之助は左を向きながら頬桁《ほおげた》を張った。バシッと鈍い音がする。鉄扇は短いだけに、打撃の衝撃がじかに手元に伝わってくる。

続いて、男の右手首を撃ちすえる。手から匕首を落としながら、男は地面にへたりこんだ。

右側の男もすでに匕首を手にしていたが、脛を蹴られた男が地面にうずくまっているため邪魔になり、突進の好機を失っていた。

虎之助が向きあう。

「やめておいたら、どうだ」

「舐めた真似をしやがって」

男は匕首を持った右手首を撃たれるのを警戒し、右半身を斜めに後退させている。

虎之助は右手首を撃つと見せかけて踏みこみながら、いきなり鉄扇で男の左肘を撃った。肘の骨を直撃する。

「うえッ」

強烈な痛みに男が身体を硬直させるところ、続けて虎之助が脳天を打ちすえる。

バシンと鈍い音が響き、男は白目をむいてくずおれる。

ついに、三人ともその場にうずくまってしまった。

虎之助が見たところ、三人ともしばらくは起きあがれそうにない。床几に横たえていた大刀を手に取り、帯にねじこみながら、

「さあ、行きましょう」

と、七郎兵衛をうながす。

いつしか、五十間道には見物人の輪ができていた。

「へ、へい」

七郎兵衛はあわてて立ちあがり、歩きだしたが、急に思いだしたようだ。

「あ、うっかりしていました」

小走りで茶屋に戻ると、真っ青になって店先に立っている女将に向かい、頭をさげ、

「ご迷惑をかけましたな。これは雑煮の代金と迷惑料です。受け取ってください」

と、取りだした財布から金を渡した。


日本堤を歩くのは虎之助の願ったことだったが、やはりこのような状況下になると気が気でない。

ときどき、追手がいないか振り返って確かめる。周囲の光景を眺め、楽しむ余裕はなかった。

かたや、七郎兵衛は懸命に早足で歩きながら、やや息を切らしていた。早く歩くことに必死で、口もきかない。しゃべる余裕すらないようだった。

ようやく、山谷堀に着いた。

虎之助はあらためて背後を振り返り、注視する。とくに追ってきている人間はいないようだった。

七郎兵衛も日本堤を見渡したあと、

「ようやく人心地がつきましたぞ」

と、ため息まじりに言った。

「早く、舟に乗りこみましょう」

「へい、しかし、篠田さま、ちと乱暴ですぞ。あたしは生きた心地がしませんでしたよ」

「乱暴だったのは、たしかかもしれません。しかし、ああしなかったら、もっと面倒なことに巻きこまれていたかもしれませんぞ」

「まあ、そうかもしれませんがね。しかし、このあと、井筒屋に押しかけてきたら困るのですよ」

「井筒屋も拙者のことも、わかっていないはずです。

ただし、七郎兵衛どの、今後しばらくは、吉原に足を踏み入れるのはやめておいたほうがよいですぞ」

「滅相もない。吉原はおろか、山谷堀にも足は向けませんよ」

「それにしても、北村恒平の名を出した途端、匕首を取りだそうとするのですから、尋常ではありませんな」

そう言いながら、虎之助は頭の片隅で、大沢靱負に報告すべきだろうなと考えていた。

北村恒平の配下が夕霧の行方を探っているということは、北村も誰が夕霧を身請けしたのか知らないことになろう。

そもそも、なぜ北村は夕霧の行方を追っているのか。

「ちょいと、ここで待っていてください」

そう言うや、七郎兵衛が船宿に行き、屋根舟を雇った。

その後、桟橋に向かいながら、七郎兵衛が言った。

「そういえば、せっかくの雑煮を食べそびれてしまいましたな。このままでは、舟の中で腹が減りますぞ。安心した途端、腹が減ってきましてね」

あたりを見まわすと、寿司の屋台店が出ていた。

七郎兵衛は屋台店に行くと、

「舟の中で食べるから、包んでおくれ」

と言い、穴子、こはだ、白魚、玉子などを次々と注文している。

屋根舟の中で、ふたりで寿司をつまむことになろう。

第二章　薙　刀

一

田所町の吉村道場に着いたとき、篠田虎之助はいつもとは雰囲気が違うのに気づいた。

その理由は、すぐにわかった。

道場に薙刀《なぎなた》を持った女がいたのだ。

もちろん、袴姿で剣術防具の面を付けているため、外見からは女とはわからない。だが、薙刀から女と判断したのだ。

虎之助は、五日ほど前のことを思いだす――。

道場主の吉村丈吉《よしむらじょうきち》が、そのとき道場にいた門弟全員に向かって言った。

「近日中に薙刀を遣う、お蘭《らん》どのというお女中が他流試合に来る。対戦してやってほしい」

「ほ～ぉ」

女と対戦できるとあって、期待で目を輝かせている者もいれば、おそらく好色な想像でニヤニヤしている者もいる。

なかに、露骨に反発する者がいた。

「女を相手に、まともな試合はできませんよ。本気でやって打ちのめせば、女を相手に大人げないと言われるし、手加減して負ければ、女に負けたと言って恥になります。勝っても負けても、男は損です。

先生、どうして、女など受け入れるのですか」

「まあ、そう言うな。

『他流試合を受け入れてやってくれぬか』

と頼んできた人がいてな。

ちと名は明かせないが、その人の口利きとあれば、わしも断れなかった。つまり、そんな事情だ。

だが、お蘭どのはかなりの実力の持ち主だぞ。冷やかし半分で対戦しては失礼だし、返り討ちに遭うぞ。

戸田派武甲流《ぶこうりゅう》の薙刀の免許皆伝で、あちこちの大名屋敷の奥女中方に薙刀を教授していると聞く。お嬢さん芸でないのはたしかだ。手加減する必要はない。本気で立ち合え。

お蘭どのが他流試合に来る日がわかったら、告げる」

そのとき虎之助は、江戸には他流試合をする女がいるのかと驚いた。同時に、薙刀との対戦に俄然、興味が湧いてきたものだった――。

おそらく、吉村は昨日、

「明日、例のお蘭どのが来るぞ」

と門弟に告げたのであろう。

ところが、虎之助は昨日、井筒屋の番頭の七郎兵衛とともに吉原に行ったため、道場には顔を出していない。そのため、お蘭が来ることを知らなかったのだ。

いつもより門弟の数が多い。やはり、「女が他流試合に来る」というのは男の興味を引くのであろう。

混みあっているため、虎之助は道場の片隅に座った。

最初に対戦するのは、大野謙二郎《おおのけんじろう》のようだった。

一礼したあと、杖を手にして立ちあがる。剣術防具の面、胴、籠手《こて》を付け、薙刀用の脛《すね》当ても付けていた。

お蘭も一礼して、薙刀を手にしてすっくと立ちあがる。同じく面、胴、籠手と脛当てを付けていた。

虎之助は立ちあがったお蘭の姿を見て、いささか驚いた。大野よりも上背があったのだ。

大野は男としては、かなり背が低いほうである。それにしても、女のほうが男より背が高いのだ。いわゆる、大女と言えようか。

お蘭が薙刀を中段に構えた。左足を前に出して半身の体勢になり、左手で薙刀の中ほどを握り、右手はやや後方を握っている。

薙刀の刃の部分は竹製で、一尺五寸（約四十五センチ）ほどある。柄《え》の部分は樫《かし》の木製だった。

刃の切っ先から、柄の最後尾である石突《いしづき》までの全長は七尺（約二百十二センチ）ほどであろうか。石突は革でくるまれていた。

神道夢想流杖術の杖は樫の木製で、長さは四尺二寸一分（約百二十八センチ）

である。

薙刀のほうが杖より、三尺（約八十四センチ）ほど長かった。この長さの差は大きい。

それは大野も充分にわかっているのか、杖を下段に構えていた。左足を前に踏みだした半身になり、杖の先端を左手で握って相手に見せている。

そのため、杖全体は背後に隠れ、全長がわかりにくいため、相手は間合いが取りにくくなるはずだった。

虎之助は観戦しながら、大野の対処法は間違っていないと思った。

大野が慎重に間合いを詰める。

お蘭がさっと構えを変え、脇構えになった。半身の体勢のまま、右手と左手を持ち替え、石突を大野に向ける。刃の部分は、後方で水平になった。

次の瞬間、

「えーぃ」

という気合とともに、薙刀が大野の脛を襲う。

敏捷《びんしょう》な大野は薙刀の動きを読んでいた。軽快に跳びあがり、薙刀の刃をやりすごす。

見事な対応に見えた。

ところが、空を切った薙刀がすっと軌跡を変えるや、着地した大野の頭部に撃ちおろされる。

大野はかろうじて杖をあげて防いだが、着地した直後のこともあって体勢が乱れる。そこを、すかさず薙刀が脛を払う。

ビシッと鈍い音がした。

脛を撃たれた大野は、もんどりうって道場の床に転倒した。面金が床にぶつかり、ゴンと響いた。

「おおぉー」

門弟たちが低くうなる。

みな、あらためて薙刀の威力を思い知ったようだ。


面目を失った大野が引きこむのと入れ替わり、大柄な進藤高兵衛《しんどうこうべえ》が進み出た。

進藤は一文字の構えである。

左肩を相手に向ける半身になり、杖のほぼ真ん中を両手で、水平に握った。左右の手の間隔は二尺（約六十センチ）ほどだった。

いっぽう、お蘭は下段の構えである。

石突近くを持った右手を耳のあたりにあて、柄の中ほどを持った左手は脇を締めているため、刃先は床すれすれにさがっていた。

進藤は脛撃ちを警戒して、容易には出ていけない。

まずは相手の脛撃ちを誘い、それをいったん受け止めておいてから、いっきに間合いを詰めようとしているらしい。

観戦しながら虎之助は、進藤の作戦もまた、間違ってはいないと感じた。

お蘭がさっと刃先を上にあげて、八双《はっそう》の構えになった。

柄の中ほどを持った右手は耳の高さだが、耳からやや離れている。石突近くを握った左手は、手首を腰骨につけていた。

すかさず進藤が杖の先端をあげる青眼の構えになり、間合いを詰めようとしたが、お蘭が脛撃ちの動きを見せる。

脛撃ちへの警戒から進藤が立ち止まったところ、お蘭が薙刀をビュンと振りおろす。

進藤は杖をあげて面への攻撃を防ごうとしたが、薙刀の勢いを止めきれず、後退する。

かろうじて体勢を立て直したところに、

「えーぃ」

という甲高い気合とともに、低い軌道で脛撃ちが襲う。

進藤は杖の先端をさげて薙刀の刃を受け止め、防ごうとしたが、間に合わなかった。

またしても、ビシッと鈍い音がする。

進藤はその場に尻餅をつき、床がドンと響いた。

目の前で、ふたりがあっけなく脛を撃たれて倒れたのを見て、もはや誰も声を発しない。みな、凝然としていた。


「次は誰か」

吉村が門弟を見まわす。

誰も出ていこうとしないのを見て取り、虎之助が言った。

「私でもよろしいでしょうか」

「おお、篠田か。そなたは、まだ入門から日は浅いが、独特の勝負勘を持っているようだ。よかろう、立ち合ってみなさい」

「はい、かしこまりました」

虎之助は面、胴、籠手、そして脛当てを付けながら、

（間合いだ……どうやって間合いを詰めるか）

と考えていた。

向かい合って一礼する。

そのとき初めて、虎之助はお蘭の顔を間近に見た。

面金越しとはいえ、鼻筋の通った端正な容貌なのはわかる。

なにより、目の色が印象的だった。やや青みがかった、吸いこまれるような色と言おうか。

お蘭は最初から薙刀を八相に構えている。

虎之助は上段の構えにした。

杖のほぼ中ほどを、両手で握る。左右の手は二尺（約六十センチ）ほど間隔をあけた。

右手は頭上にあげて、杖の後部を高くし、先端はややさげて相手に向ける。左足を前に出し、右足は後ろにした。

虎之助は薙刀の飛来を受けるのではなく、まずは先手を取って、果敢に進みな

がら杖を振った。

「えいッ」

「おーッ」

お蘭が薙刀の柄で受け止める。

樫の棒と樫の棒が激突して、カッと乾いた音がした。

さらに虎之助が間合いを詰めようとするところ、さっと身体を横にずらしたお蘭が脛を狙っている。虎之助は前進できない。

動きが止まった虎之助の脛をめがけて、

「えーぃ」

と、お蘭が薙刀を振りおろしてきた。

だが、虎之助は薙刀の刃を跳びあがってやりすごすことも、杖で受け止めて防ぐこともしなかった。

虎之助は杖で上から思いきり、薙刀の柄を叩きつける。

薙刀の刃が床にぶつかり、コンと乾いた音を発した。

すかさず、虎之助が一気に間合いを詰める。劣勢を挽回すべく、杖を水平にして体当たりをしようとした。

寸前で、

（いかん、相手は女だ）

と、咄嗟《とっさ》に思いとどまった。

だが、勢いがついた身体が相手にぶつかる。

（しまった）

虎之助はお蘭が後ろにはじき飛ばされ、床に叩きつけられるのを想像し、ゾッとした。

ところが、お蘭は倒れなかった。

全身の勢いと体重を乗せた体当たりではなかったとはいえ、男の身体を、両手で握った薙刀の柄で受け止めていたのだ。杖と薙刀の柄がぶつかり、ギッと軋んだ。

両者、パッと離れる。

後退しながら、虎之助は杖で相手の面を撃った。パンと音がした。

いっぽう、お蘭は後退しながら、薙刀の石突で胴を突いた。ゴンと音がし、虎之助はたじたじとなる。

メンとツキは、ほぼ同時だった。

「そこまでにしておきなさい」

吉村が声をかけた。

＊

ほかに対戦を申し出る者がいなかったため、他流試合は虎之助で終わりとなった。

「奥で、粗茶でも差しあげましょう。供の方もごいっしょに」

吉村がお蘭を奥の座敷に誘った。

中年の中間と、若い女中が供をしているようだ。道を歩くときは、中間が薙刀や防具を持つのであろう。

虎之助は面を脱いだお蘭の顔を見て、息を呑んだ。

三人との対戦で頰はやや上気していたが、肌が抜けるように白かったのだ。

しかも、年齢はまだ二十歳前くらいであろうか。若さが匂い立つようだった。

お蘭の姿が奥に消えたあと、さっそく雨宮孫四郎《あめみやまごしろう》が話しかけてきた。

「貴公のメンと、お蘭どののツキは、どちらが速かったのか」

「俺は自分のメンのほうが速かったと思った。しかし、お蘭どのは自分のツキのほうが速かったと思っているだろうな」

雨宮は愉快そうに笑ったあと、誘った。

「稽古を終えたら、蕎麦でも一緒に食わぬか」

「うむ、よかろう」

虎之助は相手の表情から、なにか話があるのだと察した。

雨宮は旗本の子弟である。これまで何度か話をして、屋敷は麻布《あざぶ》あたりと聞いていたが、一緒に食事をしたことはなかった。

そのあと、虎之助は相手を変えながら、木刀対杖の対戦をした。

＊

稽古後、虎之助と雨宮は蕎麦屋の床几に隣りあって腰をおろした。かけ蕎麦をすすりながら、雨宮が言った。

「貴公、さきほどのお蘭どのは何歳だと思う」

「十八歳くらいかな」

「二八《にはち》だ」

「えっ、二八と言うことは十六歳か」

虎之助は驚きで、口の中の蕎麦を吹きだしそうになった。

雨宮はニヤニヤしている。

「男に勝るとも劣らぬ体格をしているからな。貴公の体当たりもがっちり受け止め、突き放したくらいだ」

「うむ、そうだな」

虎之助は、あれは本気の体当たりではなかったと言いたかったが、なんとなく口に出すのはためらわれた。

雨宮はなおも頬に笑みをたたえている。

「貴公、お蘭どのの顔を見て、なにか気づかなかったか」

「う〜ん、なかなかの美人だと思った。ただし、面金越しだったが、近くで見たとき、目の色が普通とちと違っている気がした。それと、肌の色だな。

俗に『色の白いは七難隠す』と言うが、そういうたぐいの白さではない。もっと別種の白さの気がした」

「ほほう、貴公、わずかのあいだに、よく観察しているではないか。感心したぞ。じつは、あのお蘭どのは、オランダ人の血が入っているらしい」

「ほう、なんとなく納得はできる。オランダ人は身体が大きいし、目は青いというからな。しかし、貴公、なぜ、そんなことを知っておるのだ」

「じつは、父のお役目の関係でな。そういう話が俺の耳に入ってくる。父のことは、これ以上は勘弁してくれ」

雨宮が急に逃げ腰になった。

自慢したいと同時に、些細なことで咎めを受けるのを恐れているのがわかる。太平の世に生きる武士の処世術を、若い雨宮も身につけているようだ。

「ふうむ、ということは阿蘭陀《オランダ》の蘭から、蘭という名にしたのかかな」

「きっと、そうだと思うぞ。長崎の出島に住むオランダ人と、丸山遊廓の遊女のあいだにできた子どもらしい」

「そんな子どもが、なぜ江戸にいるのか」

「役目で長崎にいた旗本が養女にして、江戸に連れてきたらしい」

「ほぉ、長崎と江戸では、そんな大それたことができるのか」

虎之助は、関宿ではとても考えられないと思った。

二

仙台堀《せんだいぼり》に架かる海辺橋《うみべばし》のたもとである。

橋も道も人通りが多いが、やや外れると、ひとけのない場所があった。そこに、隠密廻り同心の大沢靫負と篠田虎之助がたたずんでいた。

通りがかりの人には、ふたりの武士が仙台堀の流れを前にして世間話でもしているように見える。誰もとくに気にしないであろう。

用心深い大沢は密談の場所として、茶屋や料理屋は絶対に利用しない。部屋の仕切りは襖や障子のため、立ち聞きされる恐れがあるからだった。

利用するのは、夜であれば田中屋である。

昼間は、人通りから外れた、ひらけた場所だった。

人が接近すればすぐにわかる。また見ている人のほうも、まさか周囲から丸見えの場所で密談をしているとは思わないからだ。

「北村恒平とやらの手下三人を、鉄扇でぶちのめしたそうだな」

大沢が、仙台堀を行く荷舟を見ながら言った。

虎之助は驚いて、大沢の横顔に目をやる。

「えッ、どうしてご存じなのですか」

「身共の配下の者が、あの三人を見張っていたのでな」

「もしかして、お役目の障《さわ》りになりましたか」

「いや、そうではない。むしろ、好都合じゃ。

北村恒平の手下と称する連中が吉原や、そのかかわりのあるところに強請りたかりを働いている。ところが、面番所の役人は見て見ぬふりをしていた。袖の下を受け取っているのであろうな。

このことを耳にして、お奉行の大草安房守さまが身共を呼び寄せ、こう申された。

『わしの任期のうちに、できれば吉原の大掃除をしたい。埃まみれの役人をこの際、箒で掃きだしてしまいたい。そのほう、内偵してくれ』

そんなわけで、身共は吉原に潜入したわけだ。面番所の役人の協力を得るわけにはいかぬからな。

まず、北村恒平の正体をあきらかにしようとした。しかし、誰も姿を見たことがない。

北村恒平の名を出して強請りたかりをおこなっている連中も、指示役からの指示で動いているようだ。つまり、実際に悪事を働いている連中は、北村恒平と直接の接触はないのだ。

そこで、身共は指示の流れを逆にたどっていこうと考えた。

北村恒平の配下と称しているならず者数人に目をつけ、身共は商人や職人に変装し、配下の者と交代しながら、あとをつけた。数日するうち、連中が共通して出向いている場所があった。

吉原からはほど近い浅草田町《あさくさたまち》二丁目に、灸点所《きゅうてんしょ》がある。灸を据えて療治をするところだ。主人は豊田鉄山《とよだてつざん》という。

連中はときどき、豊田鉄山のもとに行くのだ。さも、灸を据えてもらいに行く様子なのだがな」

「すると、豊田鉄山が北村恒平なのですか」

「身共も最初はそう思った。だが、いろいろ調べていくと、どこか違う。

そもそも、灸点所の主人が多くのならず者を率いるなど、できるとは思えぬ。身共は腰痛を理由に灸を据えてもらいに行き、実際に鉄山を見たが、しょせん小者だ。鉄山は連絡役に過ぎまい。鉄山の上がいるに違いないと見た。

そこで、身共と配下の者で交代しながら、灸点所を見張った。

鉄山はときどき、往診に出かける。本当に往診のこともあるのだがな。ある日、鉄山が往診と称して出かけたが、ちと様子が違った。

下谷《したや》に広徳寺《こうとくじ》と言う大きな寺がある。その広徳寺の南側に、俗に稲荷町《いなりちょう》と呼ばれる、旗本や御家人の屋敷がひしめく一帯がある。

鉄山は稲荷町の、とある武家屋敷に入っていった。

そこは黒川惣兵衛《くろかわそうべえ》という旗本の屋敷だった。すると、北村恒平は黒川の家臣かもしれないのだが、町方の役人は武家屋敷には手が出せないからな。いまのところ、はっきりしたことはわかっていない。

だが、三つの場合が考えられよう。

一　黒川惣兵衛↓家臣・北村恒平↓豊田鉄山
二　黒川惣兵衛と北村恒平は同一人物↓豊田鉄山
三　北村恒平↓黒川惣兵衛↓豊田鉄山

というわけじゃ」

「二の場合、北村恒平は黒川惣兵衛の偽名ということになりますが、三の場合はどういうことでしょうか」

「黒川惣兵衛もつなぎ役に過ぎず、大元の北村恒平はどこか別な場所に居るということじゃ。

それにしても、なかなか巧妙な仕組みでな。

黒川惣兵衛はしばしば、おおっぴらに吉原で遊んでいる。何軒かの妓楼に馴染みの遊女がいるが、金払いはよく、武士をひけらかして威張ることも、無理難題を言うこともないので、それぞれで評判がいい。

つまり、きれいな遊び方をしており、『粋な旦那』と思われているわけだ。

みな、黒川と北村がつながっているとは夢にも知らない。つい、粋な旦那である黒川には口が軽くなり、吉原や客の裏話をしてしまうわけだ。黒川は愉快そうに笑いながら、軽く聞き流しているかのように見える。

だが、実際はしっかり記憶にとどめ、強請りやたかりの材料になるかどうかを、綿密に検討しているのだろうな。

そして、これは使えるという材料が見つかると、北村恒平の指令として、豊田鉄山を通じて、配下を動かしていたわけだ。

下っ端を捕らえてもあまり意味がない。大元を捕らえなければならない。

しかし、町奉行所の役人は、武家屋敷に踏みこむことはできぬ。

また、吉原は町奉行所の管轄下にあるだけに、面番所の役人を飛び越えて吉原で黒川を捕縛することはできぬ。

そこで、黒川が吉原で遊興《ゆうきょう》し、大門を出たところで捕縛し、究明しようかと考えた。

しかし、北村恒平と黒川惣兵衛の関係が曖昧なままで捕えては、もし別人だった場合、大元の北村を逃がしてしまうからな。

どうすべきかと迷いながら、黒川の屋敷を探っているうちに、ちと事情が変わってきた。

さて、このへんで場所を変えよう。同じ場所で長く話をしていると、人の注意をひく。では、亀久橋《かめひさばし》のたもとで会おう。別々に行くぞ」

いったん別れると、大沢は仙台堀の南岸を亀久橋の方向に行く。

虎之助は仙台堀の北岸を亀久橋の方向に歩きながら、大沢の用心深さに感銘を受けていた。

亀久橋のたもとで合流したあと、ひとけのない、あたりを見渡せる場所に移動した。

大沢が話を再開する。

「内偵を続けるうち、北村恒平の手下が、身請けされた花魁の行方を追っているのがわかった。なにか、強請りのネタになる不祥事が背後にあるのかもしれない。そこで、身共もそれとなく調べてみた。

その結果、不思議なことがわかった。最近、立て続けに花魁が身請けされていたのだ。

江戸町二丁目の尾張屋の九重、
角町の絹屋の夕霧、
京町一丁目の中万字屋の瀬川、

の三人だ。

身請けしたのは本町の伊勢屋ということだが、伊勢屋はあくまで名代で、実際に身請けしたのは別人らしい。

大身の旗本ではないか、いや大名ではないかという説がある。じつは身請けしたのは大御所さままで、三人の花魁は西の丸にいるという、突拍子もない説すらある。

黒川惣兵衛はこの噂を耳にし、金になると閃《ひらめ》いたに違いない。そして、北村恒平が豊田鉄山を通じて、手下に真相を調べさせようとしたのだ」

「そのことについて、関連があるのかどうかわかりませぬが。先日、お話しした小網町の井筒屋の若旦那は、絹屋の夕霧に渡した起請文で強請られていたのです。ところが、強請りはピタリとやんだようです」

「ふうむ、おそらく連中は起請文で強請るより、もっと大きな金山を見つけたからだろうな」

「井筒屋の番頭は、夕霧が突然身請けされ、しかも強請りがやんだことにかえって疑念を抱いていました。そこで、私が同行して、吉原に夕霧の身請け先について調べにいったのです。

けっきょく、なにもわからなかったのですが、大門を出て五十間道の茶屋でひと休みしているとき、三人の男に絡まれました。私と番頭が、夕霧のことをなにか知っていると思ったのに違いありません」

「さっき言ったように、身共の配下が、あの三人を尾行していた。五十間道で、若い武士に鉄扇で叩きのめされたと聞いて、身共はすぐにピンときたぞ」

「そうでしたか。ちょっと、やりすぎたかもしれません。

では、あの三人がそのあと、どうしたかご存じですか」

「身共の配下があとをつけたのでな。三人のうちのひとりが、豊田鉄山のもとに行った。おそらく、商人と若い武士のふたり組が、夕霧を探していると伝えたのであろう。

これで、北村恒平が消えた三人の花魁を追っているのは、はっきりした」

「すると、これから、どうなるのでしょうか」

「肝心なのは、北村恒平と黒川惣兵衛の関係、そして連中が三人の花魁についてどこまで知っているのかだな。もう少し調べる必要があろう」

「私はどうしたらよろしいでしょうか」

「動いてもらうときがきたら、知らせる。それまでは、吉原には足を踏み入れぬほうがよかろう」

「かしこまりました」

「では、別々に帰ろう」

大沢は仙台堀の南岸を、海辺橋の方向に行く。

虎之助は仙台堀の北岸を、海辺橋の方に向かう。関宿藩の下屋敷は、海辺橋からはすぐだった。

三

篠田虎之助が吉村道場に顔を出すと、道場主の吉村丈吉に呼ばれた。

とくに奥の部屋ではなく、道場の片隅での立ち話である。

「先日、そなたは、薙刀のお蘭どのと杖で立ち合ったな」

「はい、薙刀の威力には驚きました」

「お蘭どのは、そなたが本気で体当たりをしてこなかったことに、やや不満だったようだぞ」

「えッ、私がぶつかる寸前に力を抜いたのはたしかですが、それがわかったのですか」

「うむ、お蘭どのは、

『女と思って、侮《あなど》ったのでしょうか』

と、腹立たしげだった。

そこで、わしが、

『いや、侮ったのではなく、気を遣ったのでしょう』

と、なだめたのだが、納得せずに、

『いえ、気を遣うこと自体、女を見くだしている証拠です』

と、御冠《おかんむり》だった。

それでも、悔しそうに、

『あたしは薙刀の石突で胴を突いたのですが、篠田さまのメンのほうが一瞬、速かったですね』

と、自分の負けを認めていたぞ」

吉村が笑った。

虎之助は、「小娘めが」と忌々《いまいま》しく感じると同時に、お蘭の並々ならぬ実力に舌を巻いた。とくに、メンとツキのどちらが先だったかを正確に知覚していること自体、お蘭の際立った実力の証明であろう。

「わかりました。では、稽古に戻ります」

師範に一礼して、虎之助が道場の中央に戻ると、聞き覚えのある声がした。

「おう、ひさしぶりだな」

見ると、原牧之進《はらまきのしん》だった。

以前は、杖対木刀の稽古を、役割を代えながらやった仲である。虎之助としては、もっとも充実した稽古ができる相手だった。

ところが、虎之助が大沢靱負の密命を受けてある人物を襲撃したとき、その男を守っていた用心棒のひとりが原だった。おたがいに相手がわかったため、ふたりが立ち合うことはなかったが、その日以来、原は道場に来なくなっていたのだ。

ひさしぶりの対面だが、原に悪びれた様子はまったくない。

そのため、虎之助も以前と同様に接することができる。

「おお、元気だったか。

どうだ、ひさしぶりで稽古をしないか」

「よかろう」

ふたりは面、胴、籠手、そして脛当てを付けた。

おたがい、先日の出会いについてはなにも触れない。まるで、あの日のことはなかったかのように、しばらく中断していたふたりの稽古が再開される。

まず、虎之助が木刀、原が杖の役になった。

原は両手をやや離して、杖の中央部を握り、左肩を前に出す半身になっていた。左手を下に、右手は脇を締め、杖を斜めにしている。

虎之助は右足を前に出し、木刀を八相に構え、じりじりと間合いを詰めた。原がすっと体勢を変え、右肩を前に出す半身になり、右手で握ったほうの杖の先端を上にあげた。そして、右手一本で杖を持って高く立てた。

虎之助が木刀で斬りこもうとするところ、原は左手も杖に添え、両手で左肩を撃ってきた。虎之助はやや腰を沈め、木刀を左に立てて防ぐ。

ところが、原は撃つと見せかけておいて、杖の先端で虎之助の左肩を突き、そのまま押しこんでくる。

虎之助が腰を沈めたまま木刀で杖を払いのけようとしたところ、原が左肩を蹴ってきた。たまらず、虎之助は背中から道場に転倒した。

床がドーンと響く。

とっさに受け身をとったので、後頭部は打たなかった。

苦笑しながら虎之助が立ちあがる。

「貴公、立ち合いではまったく遠慮をしない男だな。爽快だぞ。よし、つぎは貴公が木刀、俺が杖だ。俺も遠慮はせんぞ」

いざとなれば、虎之助は奥の手の体当たりをするつもりだった。

原も本気の立ち合いをしたがっている。

「望むところだ」

原が木刀、虎之助が杖の、実戦形式の稽古がはじまる。

虎之助は原と立ち合いながら、ほかの門人とは微妙に異なるのを感じ取っていた。

技の巧拙というより、勝負の機微《きび》に動物的な勘のようなものがあるのだ。天性と言うより、経験によるものであろう。

原は実戦の経験があるに違いない。つまり、人を斬ったことがあるのだ。

いっぽう、原も虎之助に同じような匂いを感じ取っているに違いない。虎之助は関宿にいたとき、人を斬ったことがあったのだ。

＊

稽古を終えたあと、原が誘った。

「飯を食わないか」

「そうだな、腹が減ったたな」

虎之助が同意する。

先日の出会い前の付き合いが、すでに復活していた。

ふたりは一膳飯屋に入った。

床几に隣りあって座る。

鰈《かれい》の煮浸《にびた》し、煎豆腐《いりどうふ》、それに野菜と蒟蒻《こんにゃく》の煮染《にしめ》を頼んだ。

虎之助にしてみれば、下屋敷内の長屋でひとりで食事をするときにはありえない総菜である。充実した総菜で、飯をモリモリ食べた。

原は実家で暮らしているが、下級武士の屋敷の食事は質素だった。やはり、日頃は膳に乗ることのないであろう総菜で、モリモリ飯を食べていた。

食べ終えたあと、虎之助が言った。

「先日、初めて吉原を歩いてきた」

「ほう、妓楼にはあがったのか。つまり、女郎買いはしたのか」

「残念ながら、外から妓楼を眺めただけだった。ちと、用事があって行ったのでな」

虎之助は言うか言うまいか、言うとしてもどこまで言うか、しばし迷った。

だが、原のほうから言った。

「吉原で北村恒平という名を聞かなかったか」

「じつは、その北村恒平にかかわる件で吉原に行った。貴公は、なぜ、北村恒平を知っておるのか」

虎之助は動悸が早くなっていた。手に汗が滲《にじ》む。

まさに、原が敵なのか味方なのか、それとも中立なのかがわかる瞬間だった。息を呑んで返答を待つ。

原が言った。

「ある商家が、北村恒平の手下に強請られていた。そのため、俺が用心棒に雇われた。同時に、北村恒平の正体を突き止めようとしている」

原の説明を聞き、虎之助はほっと安堵のため息をついた。

少なくとも、原は北村恒平の一味ではない。

「そうか、俺も同じだ。小網町の商家の息子が吉原の遊女がらみの件で、北村恒平の手下に強請られていた。ちょっとした縁があり、俺がかかわることになった」

「すると、貴公と俺にとって、北村恒平は共通の敵ということになるぞ。協力できるところは協力せぬか」

「そうだな、協力しあおう」

「どこまで、わかっておるのか」

「ところが、強請りのもとになっていた花魁が身請けされ、吉原から消えていた。そのため、調べは迷路に入ってしまってな」

虎之助は、番頭の七郎兵衛とともに調べ、わかったことを告げた。

しかし、隠密廻り同心の大沢靱負の指令を受けていることや、大沢から教えられたことは黙っていた。

「そうか、俺のほうの調べも迷路に入っていてな。

ところで、花魁が立て続けに三人、本町の伊勢屋に身請けされたという噂は俺も耳にした。本町の伊勢屋は単なる名代で、実際に身請けしたのは……」

原が左右を見まわす。

声をひそめ、虎之助の耳元でささやいた。

「大御所さまが身請けしたのではないかという噂もある」

「うむ、その噂は俺も耳にした。噂には尾鰭《おひれ》がつきものだが、そこまで大きな尾鰭とはな」

「なかには、『これは嘘ではない、西の丸で花魁の姿を見た人がいるそうだ』と、むきになって言い張る人もいてな」

「しかし、その人が見たのではないのだな」

「そのとおり」

ふたりは声をあげて笑った。

それまでひそひそと話をしていた武士の突然の哄笑に、店内の客がびっくりして振り返る。

「出ようか」

「うむ」

一膳飯屋を出て、通りを歩きながら原が言った。

「貴公と俺と、ふたり力を合わせれば北村恒平を倒せるのではないか」

「うむ、そうかもしれぬな」

虎之助はどこまで原と協力しあうべきか、さらに原を大沢に引きあわせるべきかどうか、思い悩んでいた。

「道場で会えるが、急ぎの場合もあろう。俺の屋敷を教えておく」

そう言うと、原は下谷の御家人の組屋敷を教えた。

御家人が集まって住んでいる一帯で、原家の屋敷もその一画にあったのだ。

四

〽びんのほつれは枕のとがよ、それを、お前さんに、うたぐられ、なんぼ泣いたとて、さ、つとめじゃ、エー、苦界《くがい》じゃ、許しゃんせ

篠田虎之助は秘密の通路を通って、関宿藩の下屋敷から田中屋に向かいながら、お谷の三味線と端唄を聞いた。

板壁を開けて、田中屋の奥座敷に出る。

もう、いつものことなので遠慮はない。虎之助は長火鉢の前に座りながら、主人の猪之吉に言った。

「大沢さまは」

猪之吉は無言で、指で二階をさす。

隠密廻り同心の大沢靱負は二階で、変装姿から本来の武士の姿に戻っていると

いうことだった。

お谷が三味線をやめたのを見て、虎之助が言った。

「いまの端唄は、拙者はちと意味がわからなかったのですが」

「おや、そうですか。では、はばかりながら、あたしが講釈しましょうか。おまえさん、あたしが間違ったことを言ったら、助けておくれよ」

お谷が亭主をかえりみる。

猪之吉は黙ってうなずいていた。

「篠さん、『情男《いろ》』はわかりますか。情と男と書くのですがね」

「いえ、わかりませぬ。初めて聞く言葉です」

「女郎は、好きであろうが嫌いであろうが、客の男と枕を交わさなければなりません。それが仕事ですからね。また、客の男に対しては、『本当に惚れたのは、おまえさんひとりだよ』と嬉しがらせを言いますし、おまえさんだけだよと言いながら、起請文も多くの男に渡すのです。

女郎は嘘と手練手管だらけと言っていいでしょうね。そんな女郎の境遇を『つとめ』とか『苦界』とか呼ぶのです。

しかし、客の男と女郎であっても、やはり男と女ですからね。ときには、本当に惚れてしまうことがあるのです。女郎が本当に惚れた男が『情男』なのです。

さっきの端唄は『びんのほつれ』という題名ですが、女郎が情男に心を疑われたつらさを唄っているのですよ」

「ははあ、なるほど。

すると、猪之吉どのはお手前の情男だったのですか」

虎之助がやや間の抜けた質問をした。

猪之吉が照れ笑いをしながら言う。

「情男にも、いろいろありやしてね」

その駄洒落に、虎之助もお谷も吹きだす。

階段をおりてきた大沢が、

「ほう、ずいぶん盛りあがっておるな」

と言いながら、手燭の蠟燭を吹き消した。

長火鉢の前に座った大沢に、猪之吉が言った。

「女房が篠田さまに、女郎買いのコツをお教えしていたところでしてね」

「ほほう、それはためになろう。吉原に行っても、妓楼にあがることもなく、鉄扇を振るっただけで帰ってきたそうだからな」

大沢がニヤニヤしながら言った。

猪之吉とお谷の夫婦が笑いだした。

分が悪くなった虎之助が、あわてて話題を変える。

「なにか、進展はございましたか」

「いや、依然として、黒川惣兵衛と北村恒平の関係は不明なままじゃ。このままでは先に進めない。

そこで、思いきった作戦を実行することにした。乱暴極まりない作戦と言ってもよいかもしれん。

真っ昼間、貴殿に黒川惣兵衛の屋敷に乗りこんで、大暴れをしてもらう」

「えッ」

さすがに虎之助も言葉を失う。

そばで聞いている猪之吉とお谷も、大沢の顔をまじまじと見ていた。

「心配せんでくれ。けっして貴殿を捨て駒に使うつもりはない。これから、ゆっくり説明する」

大沢が笑うと、一枚の切絵図を取りだした。

尾張屋版の色刷りの絵図で、標題は「東都下谷絵図」とある。下谷一帯の切絵図だった。

「このあたりが、稲荷町と呼ばれるところだ。黒川の屋敷はこの稲荷町にある。自分の目で見て、確かめるがよい」

大沢が指で、広徳寺の門前の一帯を示した。

虎之助は切絵図を受け取り、行灯のそばで見ていく。

細長い四角形がびっしりと並んでいるが、なかに「黒川惣兵衛」と記されているのがわかった。

「はい、たしかに黒川惣兵衛とあります。切絵図には姓名も記されているのですか」

「幕臣でも、旗本は姓名が記される。御家人は姓名はなく、屋敷地だけが記されている」

「こうして切絵図で見ると、幕臣の屋敷にくらべ、大名屋敷がいかに広大かがわかります」

「もちろん、大名屋敷とはくらべものにならんが、それでも旗本や御家人の屋敷は、裏長屋暮らしの人間からすれば夢のような広さだぞ。

黒川家の屋敷は、敷地がおよそ二百坪近くある。これが、黒川家の屋敷の見取図じゃ」

大沢が見取図を取りだし、広げた。

木版印刷ではなく、墨一色の手書きだった。線もあちこちがゆがんでいる。ところどころに書かれた文字も読みにくい。

「ほう、手書きのようですが」

「黒川家に出入りしている商人や職人に聞き取り、作成した。そのため、正確とは言えないが、おおよその配置はわかろう」

「はい、かなり大きい屋敷で、部屋数も多いですね」

虎之助はつい、関宿の篠田家の屋敷と比較してしまう。

大沢が見取図を指先で押さえながら、説明する。

「敷地は黒板塀で囲われていて、門は冠木門《かぶきもん》だ。

建物は母屋と客殿とふたつあるが、隣接していて、廊下でつながっている。

冠木門を入ってまっすぐ進むと、式台付きの玄関がある。玄関をあがると、客間があるのだろうな。この建物が客殿だ。

冠木門を入って左に進むと、内玄関がある。この内玄関が、母屋の玄関だ。黒川も家族も普通、この内玄関を利用する。

母屋には、居間、当主の間、仏間、女中部屋、台所などがあるが、正確な位置関係や広さなどはわからぬ。図に描いたのは、あくまで大雑把な位置と広さと思ってくれ。母屋の隅に、湯殿、雪隠《せっちん》、そして井戸があるようだ。

肝心なのは、ここだ」

大沢が敷地の隅を示した。母屋の左手にあたる場所に四角形が描かれており、建物とわかる。

「ここに長屋がある。もともとは、家賃収入を得るための貸家だろうな。学者や医者が住んでいたようだが、いまは北村恒平の配下がいるらしい。この者らが厄介だな。

黒川家の屋敷に突入するにしても、貴殿ひとりでは難しかろう。部屋数が多いから、北村恒平を取り逃しかねない。

どうしても、もうひとり必要だな。しかし、町奉行所の役人は武家屋敷には踏みこめない。

貴殿に、信頼できる男はいるか」

そのとき、虎之助の頭にすぐ浮かんだのは原牧之進である。実戦経験があるらしいという点でも、適任であろう。

だが、原を巻きこんでいいものかどうか、逡巡《しゅんじゅん》があった。

慎重に切りだす。

「私が通う吉村道場の同門に、ひとりいます。杖術の技量は私以上で、快活な男です。しかし、役目の内容がもっとはっきりしないかぎり、誘うのはためらわれますが」

「もっともだ。役目については、これからくわしく話す。

とりあえず、その男を教えてくれ。仕事を頼むに足る人間かどうか、いちおうこちらで調べねばならぬからな」

要するに、身元調査をするということであろう。

虎之助は、原の姓名と屋敷の場所を告げた。

*

田中屋の入口の腰高障子を叩く音がした。

「夜分、ごめんなせえ。若松屋の者ですがね」

「おや、親分の声ですな」

猪之吉が立ちあがり、腰高障子を開けにいく。

親分とは、大沢靫負に手札をもらっている岡っ引の作蔵《さくぞう》のことである。

永代寺門前山本町《えいたいじもんぜんやまもとちょう》に若松屋という小料理屋があり、作蔵は主人だった。だが、作蔵は岡っ引稼業に従事しているため、女房が実質的に若松屋の切り盛りをしていた。

部屋にあがってきた作蔵が、

「旦那、どうも。篠さんもいやすね」

と、挨拶をしながら座った。

いつしか作蔵まで、篠田虎之助に対する呼び方がお谷と同じになっている。

「なにか、わかったか」

大沢が言った。

作蔵は手にした茶碗に、お谷から酒をついでもらいながら答える。

「へい、いろいろ、おもしろいことがわかりやしたぜ。

わっしは小料理屋の主人ですからね。まあ、女房の前で大きな顔はできないのですが。

そんなわけで、わっしは深川の料理屋にはそれなりに顔が利きやして、内輪話も聞きだすことができるのですよ」

「ほう、料理屋にかかわっておるのか」

「へい。深川一色町《ふかがわいしきちょう》に『桜井』という料理屋がありやした。油堀《あぶらぼり》のすぐそばで、店の前には桟橋もあり、舟で乗りつけるには便利でしてね。それなりに繁盛していたようです。

ところが、桜井の主人が死ぬと、相続でごたごたがおこり、誰も継ごうという者がいなくて、けっきょく商売はやめてしまったと聞いていたのです。

おめえさん、料理屋の桜井は知っているだろう」

作蔵がお谷をかえりみる。

お谷がうなずいた。

「はい、知っていますよ。桟橋がすぐ目の前で、いい場所でしたね。

屋根舟に『羽織』を乗せて、隅田川に繰りだして宴会をする男もいましてね。

屋根舟を桟橋に着けて、桜井から料理を取り寄せて積みこむのです。桜井の女中が大皿を両手で抱えて、桟橋を屋根舟のほうに行くのを見かけたことがあります。

ああいう光景を見ると、あたしは羽織衆が羨《うらや》ましかったものです。

そうですか、商売はやめてしまったのですか」

猪之吉は虎之助の怪訝そうな顔に気づいたのか、横から説明する。

「お谷が羽織と言いましたが、深川では芸者のことを羽織と呼ぶのです」

「ははあ、そうですか。それで、わかりました。屋根舟に芸者を呼んで、酒宴を開くというわけですか」

虎之助が得心する。

先日、吉原の豪遊について知ったが、深川でも贅沢な遊びをする男がいることになろう。

作蔵が話題を戻した。

「最近になって、桜井を買い取った人がいるという噂を耳にしました。その後、料理屋として商売をしている様子はありませんが、奉公人らしき男と女が出入りしています。それで、豪商など、金のある男が別荘として使っているのではと思っていたのですがね。

ところが、妙な噂が耳に入りましてね。

油堀の桟橋に横付けした屋根舟に、桜井からなんとも色っぽい女が乗りこむというのです。逆に、屋根舟からおりたなんとも色っぽい女が、桜井に入っていくとか。

どう見ても素人には見えないそうですが、深川の遊女でも芸者でもないのです。それに、衣装や髪型が遊女や芸者ではないそうでしてね。しかも、色っぽい美人はどうも三人いるようなのです。

そこで、わっしはピンときたのですよ。旦那の言っていた、吉原で花魁が三人、立て続けに身請けされ、しかも身請け先がよくわからないという話ですよ」

「ふむふむ、てめえ、よく気づいたな」

大沢が身を乗りだす。

作蔵が続けた。

「吉原の花魁を三人も身請けして、一か所に囲っているとはちょいと考えにくいですからね。なにか、裏がありそうですぜ。

わっしは、ちょいと探ってみようと思うのです」

「うむ、探ってみてくれ。身共は、花魁の身請けには釈然としないものがあり、なにか裏があるような気がしてならんのだ。

吉原から消えた花魁は、江戸町二丁目の尾張屋の九重《ここのえ》、角町の絹屋の夕霧、京町一丁目の中万字屋の瀬川《せがわ》の三人だ」

「しかし、難題がありやしてね。

わっしは、九重、夕霧、瀬川の顔を知りやせん。わっしの子分どもも、吉原の花魁に縁のある野郎はいませんからね。

油堀のあたりに張りこんで、そっと顔を見ても、花魁かどうかわからないのですよ。まさか、つかつかと近寄り、

『おまえさん、吉原にいた九重さんか、夕霧さんか、瀬川さんじゃないかい』

と、尋ねるわけにはいきませんしね」

「ふ～む、たしかにそうだな。身共にしても、三人の顔は知らないからな」

そばで聞きながら虎之助は、井筒屋の若旦那の専太郎なら夕霧の顔を知っていると思った。

しかし、こんな確認作業に専太郎を引っ張りだすわけにはいかない。また、たとえ専太郎が出てきたところで、九重と瀬川の顔は知らないのだ。

「う～ん、どうすればよかろうな」

大沢は腕を組み、天井をあおいだ。

作蔵も額に皺を寄せ、煙管の雁首《がんくび》に煙草を詰めている。

猪之吉がふと思いついたように言った。

「旦那、吉原の幇間《ほうかん》に頼んではどうでしょうね。幇間はあちこちの妓楼の宴席に顔を出しますから、おもだった花魁の顔は知っているはずですよ」

「なるほど、それは名案だ。

よし、身共が適当な幇間を見つけ、渡りをつける。

作蔵、てめえ、その幇間と一緒に、桜井の女が花魁かどうか調べてくれ」

「へい、かしこまりやした」

作蔵は張りきっている。

獲物を追うよう命じられた猟犬の気分のようだ。

五

「篠田虎之助さまは、いらっしゃいますか」

入口の腰高障子は明かり採りのため、開け放っている。

外に立っているのは、井筒屋の番頭の七郎兵衛と、供の丁稚だった。

大名屋敷には門番がいて人の出入りを見張っていたが、昼間であれば、商人などが藩士の住む長屋を訪ねるのは許されていた。

「ああ、どうぞ、あがってくだされ」

虎之助が気軽に勧める。

ちょうど、炊きたての飯と、沢庵と金山寺味噌という朝食を終えたところだった。

七郎兵衛はあがってきたが、丁稚は上がり框《かまち》に腰をおろしている。腰をおろすに先立ち、丁稚がかついできた荷物をおろし、畳の上に置いた。

「先日のお礼と申しましょうか。菓子のかすてらと、反物《たんもの》でございます。

最初は魚にしようかと思ったのですが、篠田さまは独り身ですから、かえってご迷惑だろうと存じまして」

七郎兵衛が持参した品の説明をした。

虎之助もこういう場合、辞退するのはかえって失礼になるのがわかってきたため、素直に受け取る。

「それは、お気遣いいただきまして。ありがたく頂戴します。

ところで、その後、北村恒平の手下の動きはどうですか」

「はい、その、ご報告にまいったのですがね。

強請りはピタリとやみました。ならず者も店に顔を出さなくなりました。不思議なくらいです。

これも、ひとえに、篠田さまが五十間道の茶屋で、ならず者三人を成敗してくれたおかげでしょうね。連中も井筒屋から手を引いたと申しましょうか」

「それはよかったですな」

虎之助は、連中が井筒屋から手を引いたのは、もっと別な獲物を見つけたからだと思ったが、口にはしない。

ちょっと、ためらったあと、言った。

「専太郎どのとお文どのの夫婦仲はいかがですか」

「まことにむつまじく、人も羨むほどでございます。みな、一日も早くお子が生まれるの念じております」

「それは、けっこうですな」

祝福しながらも、虎之助の胸に小さな痛みがある。

その後、しばらく話をしたあと、七郎兵衛と丁稚は帰っていった。

虎之助が吉村道場に稽古に行くため、出かけようとするところへ、田中屋の猪之吉が顔を出した。

猪之吉はかつて、大沢靭負の手下として捕物に従事したときに負傷し、右足が不自由になった。そのため、遠出はできないが、田中屋から関宿藩の下屋敷までの距離なら、足を引きずりながら歩くことができる。

「おや、お出かけになるところでしたか。間に合って、よかったですな」

「わざわざ、どうしたのです」

「大沢の旦那が会いたいそうでしてね。海辺橋を渡った向こう岸の河岸場で待っているそうです」

「そうですか。では、一緒に出ましょう」

虎之助は草履《ぞうり》に足をおろしかけて、七郎兵衛が持参した手土産に気づいた。

「そうだ、これは、もらい物なのですが。お谷どのと、食べてください」

「おや、なんですかい」

「かすてらのようです」

「ほう、篠田さまは食べないのですか」

「拙者は食い飽きましたから」

「え、そうなんですか」

「いえ、冗談です。まだ、かすてらを食べたことはありません」

「では、あっしがもらっては悪いですな」

「かまいません。ただし、拙者も食べてみたいので、ひと切れだけ、残しておいてください」

「わかりやした。では、お谷に、『ひとりで食ってしまうんじゃねえぞ』と、厳しく言っておきますよ」

笑いながら、ふたりで門を出る。

＊

虎之助が海辺橋を渡って仙台堀を越え、河岸場のあたりを見まわしていると、背後から、

「もし、お武家さま」

と声がかかった。

振り返ると、法被《はっぴ》に腹掛、股引姿の男がいた。足元は黒足袋に草鞋《わらじ》で、肩に道具箱をかついでいる。

いでたちは大工だが、大沢だった。

「ちょいと、この先に行こう」

しばらく歩くと、ひとけのない場所があった。仙台堀に面しているだけに、周囲を見渡せる。

大沢は肩にかついでいた道具箱を地面におろした。箱の中身は大小の刀であろう。

「いよいよ決行するぞ」

「では、原牧之進は、どうでしょうか」

「あの男は使えるな。身共が話をして、了解は取った」

「そうでしたか。原がいると、私も心強いですね」

「貴殿らふたりには、稽古しておいてもらわなければならんことがあるぞ。慣れるまでは、どうしてもへっぴり腰になるだろうからな」

「なにを稽古するのでしょうか」

「それは、あとで説明するが、その前に、言っておかねばならぬことがある。お蘭という女子《おなご》が参加する。女子といっても侮れぬぞ。鎖鎌《くさりがま》の達人じゃ」

「お蘭どのですか……」

虎之助の頭にすぐ浮かんだのは、先日、吉村道場で立ち合った薙刀のお蘭である。

蘭という珍しい名は、そう多くはあるまい。しかし、薙刀ではなく、鎖鎌を用いるという。

当惑している虎之助に、大沢が言葉を継ぐ。

「じつは、お蘭どのは、北町奉行・大草安房守さまの娘御《むすめご》でな」

「え、お奉行のお嬢さんなのですか」

「娘といっても、血がつながっているわけではなく、養女だ。安房守さまが長崎奉行のとき、長崎奉行所の役人の娘を養女に迎え、江戸に連れてきたのだ。安房守さまは、お蘭どのの異能が気に入ったそうでな」

「ほう、さようでしたか」

相槌を打ちながら、虎之助の頭に閃いたものがある。

吉村道場で、お蘭の薙刀と立ち合ったあと、門弟の雨宮孫四郎から聞かされた話を思いだした。

(うむ、これでつながる。間違いあるまい)

長崎奉行たる者が、まさかオランダ人と丸山遊廓の遊女とのあいだにできた子を養女にすることはできない。

そこで、いったん長崎奉行所の役人に養女に迎えさせたのだ。そして、役人の娘という形にして、あらためて養女にしたのであろう。

大沢は「異能」と婉曲に表現したが、オランダ人と遊女のあいだにできたことをさしているに違いない。

長崎に住んでいるかぎり、お蘭には出自《しゅつじ》がついてまわる。そんなお蘭を不憫《ふびん》に思い、安房守は自分の娘にし、江戸で生活させようと考えたのではあるまいか。

虎之助はお蘭を知っていることを大沢に告げるべきかどうか、迷った。ほぼ間違いあるまいと思うが、もしものこともある。

大沢が苦笑しながら話す。

「旗本・大草家の屋敷は小日向服部坂《こひなたはっとりざか》にある。だが、安房守さまは北町奉行に就任以来、家族とともに、呉服橋御門《ごふくばしごもん》内にある北町奉行所内の役宅にお住まいじゃ。そのため、娘のお蘭どのも、北町奉行所内の役宅に住んでおる。

身共も、お奉行の役宅内なので油断しておった。いつもの用心を忘れていたと言ってもよい。

おそらく、安房守さまと身共が密談していたのを、お蘭どのは立ち聞きしたのだろうな。そして、自分も参加させてほしいと、父である安房守さまに直談判したらしいのじゃ」

虎之助は唖然とした。

開いた口が塞がらないとは、このことであろう。

だが、吉村道場で見た、あの勝気を思いだすと、ありえないことではないかもしれない。

「しかし、安房守さまは、ご自分の娘が危険をおかすのを、よくお認めになりましたね」

「もちろん、安房守さまは怒り、娘の申し出を一蹴《いっしゅう》された。ところが、お蘭どのは引きさがるどころか、堂々と自分の策を述べた。

じつは、安房守さまはお蘭どののこうした気質が気に入って、養女に迎えたらしいのだがな。それはともかく。

お蘭どのの献策をお聞きになって、安房守さまは驚き、あらためて身共を呼び寄せられた。

身共も驚き、そして感心した。たしかに、妙案だ。

かくして、お蘭どのの策が採用されたわけじゃ。

この妙案を実行に移すためにも、さきほど述べたように、貴殿と原牧之進のふたりには稽古をしてもらわねばならぬことがある。

さて、場所を移そうか。大工と武士が長いあいだ立ち話をしていては、目立つからな」

お蘭の作戦と、その準備のために虎之助と原が稽古をする内容は、場所を移してからの説明になるようだ。

第三章　舟饅頭

一

駕籠は、人が座る座席の上に一本の棒を通し、前後から人足がかついで運ぶものだが、用いる人の身分や用途によって、種類が多く、造りもさまざまだった。なかでも、引戸のある高級な駕籠を乗物《のりもの》といい、かつぐ棒は黒塗りだった。庶民の使用は許されず、用いるのは身分のある男女である。男用乗物は前後四人でかつぐが、女用乗物の場合はたいてい、ふたりでかついだ。

「へい」

「ほう」

前後の人足が掛け声で呼吸を合わせながら、一丁の乗物が下谷の広徳寺の前の通りから、稲荷町と呼ばれる武家地へゆっくりと入っていく。

乗物にしてはやや小型なので、乗っている客は女であろうか。

ふたりの人足のうち、前は篠田虎之助、後ろは原牧之進だった。頭に手ぬぐいを巻き、着物は尻っ端折《はしょ》りして、足元は素足に草鞋《わらじ》である。

ふたりとも神道夢想流杖術の杖を手にしていたが、人足は息杖《いきづえ》を持つのが普通なので、不自然さはない。

乗物をかついだ虎之助と原の足取りは、本職の駕籠かき人足が見れば、

「なんだ、腰が据わってねえじゃねえか」

と鼻で笑うかもしれない。

だが、通りを歩く人には、さほど違和感はないであろう。泥縄《どろなわ》とはいえ、やはり稽古の成果だった。

田中屋の猪之吉の紹介で、ふたりは深川の駕籠屋で乗物をかつぐ稽古を積んできたのだ。

「棒組《ぼうぐみ》、着いたぜ」

虎之助が声をかけた。

原が答える。

「あいよ」

黒川惣兵衛の屋敷である。

冠木門は開いていた。早朝、使いの中間が黒川の屋敷にやってきて、小石川《こいしかわ》に住む伯母《おば》が緊急の用事で訪ねてくると伝えたからである。そのため、黒川は門を開かせ、伯母の到来を待ち受けていたのだ。

もちろん、中間は大沢靱負の配下の変装だった。

大沢が黒川の縁戚関係を調べ、小石川に住む伯母が訪ねてくるのがいちばん、もっともらしいはずと判断したのだ。


乗物が冠木門を通り抜け、客殿の式台付きの玄関に向かう。

玄関に乗物がおろされると、羽織袴で腰に脇差を差した、四十代の男が姿を見せた。やや肥満体である。目が大きく、唇が分厚い。

「伯母上、何事でございますか」

乗物に向かって呼びかけた。

目上の相手だけに、みずから玄関広間に出迎えたのである。

黒川惣兵衛だった。

引戸は閉じたままで、乗物から返事はない。

「伯母上、いかがいたしたのですか」

黒川が不安そうに声をかける。

乗物の中から女の声がした。

「北村恒平はどこにおる」

黒川がギョッとした顔になった。

乗物に向かって言う。

「そ、その声は。伯母上ではないな。何者じゃ」

引戸がさっと開いて、お蘭が飛びだした。ジャランと金属音がする。鎖鎌を手にしていた。

そのときには、虎之助と原が黒川の両脇に立っていた。

ふたりが草鞋履きのまま玄関にあがっているのを見て、黒川の目には怒りよりも、むしろ恐怖があった。わなわなと、分厚い唇を震わせながら言った。

「な、何者じゃ。旗本屋敷だぞ、無礼であろう」

そのとき、背後で大声がした。

「曲者《くせもの》じゃ、出会え、出会え」

家来のひとりが、後ろに控えていたのだ。

虎之助と原が顔を見あわせる。

原がつつと奥に進むや、叫んでいる若党の横腹を杖で突いた。若党は「うっ」とうめくや、その場にくずおれる。

家来が集まってくる気配に、それまで呆然としていた黒川が気を取り直し、

「おのれら、何者じゃ」

と、うなりながら、腰の脇差を抜いた。

すかさず、お蘭が鎖鎌の鎖を振るった。

分銅が回転し、ちゃりちゃりと鎖が黒川の右手首に巻きつく。そこを、虎之助が杖で足を払った。

黒川はあっけなく背中から転倒し、脇差は手から離れた。

「篠田さまは濡縁《ぬれえん》で、母屋から来る敵を防いでください。原さまは玄関で、庭伝いに来る敵を防いでください。

ここは、あたしが引き受けます」

お蘭が指示した。

黒川の右手に巻きついた鎖の端を右手で握り、左手では鎌をかかげ、いざとなれば刃を顔面に撃ちこむ構えである。

「うむ、心得た」

ふたりは返事をすると、原は玄関で警戒にあたる。

虎之助は、客殿と母屋をつなぐ濡縁を進んだ。

どやどやと足音を立てて、数人がやってくる。みな、着物の裾をはだけた、だらしない格好だった。てんでに、刀をひっさげている。

（ふむ、長屋に巣くっている、北村恒平の手下だろうな。ならず者のたぐいか。となれば、遠慮はいらぬな）

虎之助は杖の先端を背後に隠して長さをわかりにくくしていたが、すっと繰りだすと、先頭の男の脛を払った。

「わーッ」

叫びながら、男が濡縁から地面に落ちる。

腰を打ったのか、倒れたまま苦悶の表情を浮かべている。

刀を抜く暇もなかった。

続く男たちが刀を抜いた。

自分たちが固まっていることの不利を悟ったのか、散開して、虎之助を包囲しようとしている。

虎之助はすばやく目で追い、ひとりが庭に飛びおり、ひとりが部屋に入ったのを確認した。

杖は刀より長いのが有利だが、室内に入ると天井や柱にさえぎられ、逆に不利になる。そのため、虎之助はできるだけ濡縁にとどまろうとした。

濡縁で対峙している相手に、虎之助が突きを入れる構えを見せた。その機を待っていたかのように、庭に飛びおりた男が刀で、虎之助の脚を狙って斬りつけてきた。

だが、突きの構えは虎之助の誘いだった。すかさず杖を振るって、庭の男の頭部を撃つ。

男は左のこめかみに血を滲ませ、

「うわッ」

と叫ぶや、その場に転倒した。

そのとき、虎之助は右の太腿に鋭い痛みを感じた。一瞬、膝がガクッとなる。

（うッ、しまった）

見ると、障子から白刃《はくじん》が突き出ている。部屋の中から、障子越しに刀で突いてきたのだ。

傷を確認する余裕はない。

とっさの判断だった。相手は自分の影が障子に映らないよう、かがんでいるに違いない。だからこそ、剣先が太腿に達したのだ。

虎之助は杖で、斜め下に障子紙を突き破った。

堅いものを直撃した感触が手元に伝わる。

「うわー」

悲鳴とともに、障子紙にバラバラと血痕が散った。

杖の先端が、男の額を直撃したようだ。

濡縁の男は顔面蒼白になり、肩で息をしながら刀を低く構えていたが、虎之助が室内に突きを入れたのを好機と見たようだ。

刀を大きく振りかぶるや、

「この野郎〜ぉ」

と、斜めに斬りこんでくる。

だが、その刀が途中で止まった。剣先が柱に喰いこんだのだ。

虎之助は障子を突き破った杖を引き戻すと、目の前の男の伸びきった上体を突いた。杖の先端が腹部に喰いこむ。

男は刀から手を離し、

「うえッ」

とうめくや、口から胃液を垂らしながら、その場にくずおれた。

虎之助は傷を眺めた。右の太腿から垂れた鮮血が、くるぶしまで赤く染めている。

（たいしたことはないな）

気持ちが高ぶっているためか、痛みも感じない。

虎之助は、濡縁から室内に踏みこんだ。

居間とおぼしき部屋や、当主の間と思われる部屋は無人だった。

襖を開けると、数人の女が仏壇の前で、抱きあうようにしていた。黒川の妻と女中や下女であろう。仏間に逃げこんだのだ。

「北村恒平どのはどこですか」

虎之助が、黒川の妻とおぼしき女に言った。

女がかぶりを振った。

「そんな方は、存じません」

「そうですか。いちおう、あらためさせてもらいますぞ。ご安心なさい、危害は加えませぬ」

虎之助は女中部屋や台所、それに湯殿や雪隠まで見たが、誰も隠れてはいなかった。

母屋を調べたあと、客殿に戻ると、玄関付近に数人の男が倒れ、うめいていた。長屋から駆けつけた連中であろう。原が倒したのだ。

「おい、貴公、血だらけではないか」

原が虎之助の右脚を見て言った。

だが、そう言う原も、左肩の後ろの着物が裂け、血が滲んでいた。背後から斬られたようだ。

「なんの、かすり傷だ。貴公こそ、血だらけだぞ」

「いや、これこそかすり傷じゃ」

おたがい、強がりを言って笑う。

「応急の手当てをしましょう」

そう言うや、お蘭が帯を解き、着物を脱ぎはじめた。

虎之助は唖然とした。

(おい、いったい、なにをするつもりだ)

お蘭が着物はおろか長襦袢まで脱いで、足元にはらりと落とした。

虎之助はあらわになったお蘭の肌の白さに、息を呑んだ。

（これがオランダ人の血を引く肌なのか）

均整の取れた美しい肢体なのだが、どこか未成熟の危うさがある。まさに十六歳の女の裸体なのだ。

清冽《せいれつ》な色気と言おうか。見ているだけで呼吸が困難になり、息苦しくなるほどだった。

さらに驚いたのは、腹部に晒《さら》し木綿《もめん》を幾重にも巻いていたことだ。

「刃物から守ると同時に、包帯にも使えますから」

そう言いながら、お蘭は腹部に巻いた晒し木綿をするすると解いていく。ついには、浅黄《あさぎ》縮緬《ちりめん》の湯文字《ゆもじ》だけの真っ裸になってしまった。

お蘭のツンと突き出た小ぶりな乳房に目を奪われている自分に気づき、虎之助はあわてて目を逸らす。

原も同様、目のやり場に困っていた。

いっぽう、お蘭は平気である。というより、やらねばならないことに気を取られ、恥じらいはまるで忘れているようだ。

歯で晒し木綿の端を嚙み、指でピーッと引き裂いたあと、原に言った。

「急がないと。着物を脱いでください。血止めをします」

「うむ、かたじけない」

原が素直に片肌を脱いだ。

お蘭が背後にまわり、左肩の傷に折りたたんだ晒し木綿をあてた。その上から、晒し木綿を巻いていく。

続いて、お蘭は虎之助のそばにひざまずき、

「ちょっと股を開いてください」

と言いながら、右太腿の傷に晒し木綿で固く包帯をしていく。

着物の裾を尻っ端折りしているため、ふんどしの盛りあがりが、ひざまずいたお蘭の目の前にある。しかも、お蘭はほとんど全裸なのだ。

虎之助は意識した途端、顔が赤らむのを覚えた。なんとも居心地が悪い。

包帯を巻き終え、お蘭が言った。

「固いでしょうか。歩けますか」

「うむ、歩ける。かたじけない」

虎之助は右足を動かしてみて、礼を述べる。

ふたりの応急の血止めが終わった。

湯文字だけの裸になっていたお蘭は、すみやかに長襦袢に袖を通した。さらに、手早く着物を着て、帯を締める。そして、鎖鎌を手にすると、何事もなかったかのように言った。

「では、まいりましょうか」

「うむ、そうだな」

虎之助と原がうなずいた。

ふたりが黒川の両脇に付き、連行する。

黒川は呆然自失の状態なのか、いっさい抵抗しなかった。

*

冠木門を出てしばらく歩いたところで、十人ほどの男が駆け寄ってきた。

みな、鉢巻に襷《たすき》がけで、着物の裾は尻っ端折りして、六尺棒を手にしていた。

町奉行所の小者である。

背後にいた武士が声を張りあげた。

「神妙にせよ。旗本屋敷に押し入り、乱暴狼藉を働いた不逞《ふてい》の輩《やから》じゃ。みなの者、三人を召し捕れ」

隠密廻り同心の大沢靱負だった

鎖帷子《くさりかたびら》を着込み、鉢巻を締め、籠手と脛当てを付けていた。羽織は用いず、着物の裾を帯にはさみ留める、「じんじんばしょり」をしている。腰には大刀だけを差し、右手には十手を持っていた。町奉行所の同心の捕物出役《とりものしゆつやく》のいでたちである。

大沢の下知《げち》を受け、小者らが虎之助、原、お蘭を取り囲む。

三人はおとなしく、杖と鎖鎌を引き渡した。

「よし、連れていけ」

大沢が命じる。

小者らに囲まれ、三人はうながされた方向に歩く。

虎之助が振り返ると、大沢が、

「黒川惣兵衛どのですな。不逞の輩は召し捕りましたが、ご貴殿から事情をうかがいますぞ。自身番まで同行を願います」

と言っているのが聞こえた。

黒川は顔面蒼白で、口をぽかんと開けている。もう、なにがなんだか、わからなくなっているのであろう。


小者に取り囲まれて歩きながら、虎之助がお蘭に言った。

「そなたは薙刀だと思っていたが、鎖鎌も使うのか」

「戸田派武甲流は薙刀が表芸ですが、裏芸は鎖鎌ですから」

「ほう、そうだったのか」

「あたしは本当は鎖鎌が好きなのです。でも、奥女中方にお教えするのは、やはり薙刀ですから」

「なるほど、奥女中に鎖鎌を稽古させるわけにはいかぬな」

虎之助が笑った。

原が言う。

「先日、吉村道場にお越しいただいたようだが、拙者はその日は道場に行かなかったので、残念でした。また、道場にお越しくだされ。そのときは、ぜひ、他流試合をさせていただきたい」

「はい、そのうち、いずれ」

話をしながら歩いていくと、ちょっとした空き地があった。

三丁の駕籠が止まり、八人の人足と、駕籠屋の親方がいた。

そこまで来ると、すでに命じられていたのか、小者たちは杖と鎖鎌を返却し、黙って帰っていく。

虎之助が親方に言った。

「お借りした乗物は、玄関前に置いてあります。とくに傷はつけていないはずですぞ」

「へい、さようですか。

おい、取り戻してこい」

ふたりの人足が親方の命を受け、走りだした。黒川家の屋敷から乗物を回収するのだ。

「大沢さまからお聞きしております。どうぞ、駕籠にお乗りください」

親方が勧める。

三人は駕籠に乗ったが、お蘭は鎖鎌を持ちこむ。虎之助と原は、杖を人足にあずけるしかなかった。

お蘭を乗せた駕籠は北町奉行所のある呉服橋御門内に、虎之助と原の駕籠は吉村道場のある田所町に向かう。

とはいえ、虎之助と原は、さすがにこれから稽古をする気はなかった。おたがい、負傷した状況を語りあい、今後に生かすつもりだった。

二

長火鉢の猫板の上に置かれた大皿には、田楽《でんがく》豆腐が並んでいた。

豆腐を拍子木のように切って串に刺し、裏表を焼いた上に味噌だれを塗ったものである。

猪之吉が町内の茶屋で買ってきたのだが、すでに冷えていた。買ったのが夕方だから、とっぷり夜が更けたいまでは、当然であろう。

そこで、食べるに際して長火鉢の火で炙るため、味噌が焦げる香ばしい匂いが立ちこめていた。

田中屋の奥座敷である。

隠密廻り同心の大沢靱負が言った。

「傷はどうじゃ」

「もう、ほぼ治りました。原牧之進の怪我も、たいしたことはなかったようです。これも、お蘭どのが手早く血止めをしてくれたおかげです。

それにしても、あの突飛《とっぴ》な行動には驚きましたが」

篠田虎之助が感慨深げに言う。

大沢は指で串をつまみ、田楽を食べながら、

「貴殿から話を聞いたときは、身共も仰天したぞ。もちろん、お奉行の安房守さまには内緒にしているがな」

と、笑った。

そばで、お谷がしみじみと言う。

「そんな気っ風のいい娘さんを、お奉行さまのお嬢さんにしておくのは惜しいですねえ」

「おいおい、てめえ、お奉行さまの娘をどうしたいのだ」

猪之吉が茶化す。

ひとしきり笑ったあと、大沢が口調をあらためた。

「あのあと、黒川惣兵衛どのに、北村恒平について尋ねた」

「えっ、では、黒川惣兵衛どのと北村恒平は別人なのですか」

「いや、同一人物じゃ。だが、身共はあえて、別人と解釈しているように装ったのじゃ。逃げ道を用意してやったと言おうか、取引をしたと言おうかな。黒川どのからすれば、自分が北村恒平と認めれば、これまでの数々の悪事の責めを負わねばならない。ところが、屋敷内の長屋に住んでいた北村恒平が勝手にやっていたことにすれば、すべて押しつけることができるからな。

『北村恒平どのはどこですか』

身共がこう問うた。

すると、黒川どのはこう答えたよ。

『知りませぬ。いつのまにか、逃げだしたようですな。行先は、拙者も知りませぬ』

『う～ん、北村どのに直接、尋問はできぬわけですな。では、北村どのが企《たくら》んでいたことを、貴殿が知っているかぎり、教えていただきたい。そうすれば、町奉行所が貴殿の罪を問うことはありませぬ』

『そうですか、では、拙者が知っているかぎりのことはお話ししましょう』

と、なった。

要するに、黒川どのは罪をまぬかれる代わりに、身共に協力することを了承したのだ」

話を聞きながら、虎之助は大沢の意図がよく理解できなかった。

黒川を見逃すのであろうか。

では、なんのために黒川の屋敷に押し入ったのか。

釈然としない顔をしている虎之助の顔を見て、大沢が言った。

「貴殿は舟饅頭《ふなまんじゅう》を知っているか」

「いえ、存じません」

話題の急変に、虎之助は戸惑う。

しかし、大沢は頓着なく語りだした。

「舟饅頭は、川や掘割などに浮かべた苫舟《とまぶね》で商売をする遊女だ。

苫は、菅《すげ》や茅《かや》を菰《こも》のように編んだものでな。苫で作った屋根をかけた舟を、苫舟と呼ぶ。

岸辺に苫舟を寄せて、道行く男に声をかけ、舟に呼びこむ。肝心のことをするのはもちろん舟のなかじゃ。苫屋根の下には、粗末な布団が敷いてあった。

揚代は、最下級の夜鷹と同じ、二十四文だった。だが、その後、舟饅頭の揚代は三十二文になったという。

しかし、享和（一八〇一〜〇四）のころが最後で、江戸から舟饅頭はいなくなった。

いまから三十年以上も昔に、舟饅頭は絶えたことになろうな。

そのため、身共は話に聞いているだけで、見たことはない。

てめえは、知っているか」

「舟饅頭という女がいたのは聞いたことがありやすが、あっしも実際に見たことはありやせんね」

猪之吉が答える。

大沢の話題がさらに変わった。

「根岸肥前守鎮衛《ねぎしひぜんのかみやすもり》さまは、寛政十年（一七九八）から文化十二年（一八一五）まで、南町奉行の任にあり、名奉行として知られた。亡くなったのは、二十年ほど前だ。

根岸さまは筆まめで、職務の関係で知った珍談奇聞や、友人・知人から聞いた巷談《こうだん》俗説などを書き留め、『耳袋《みみぶくろ》』と題していた。

いつしか、この『耳袋』が評判になり、根岸さまに、

『読ませてくれ』

『しばらくのあいだ、貸してくれ』

などと申し入れる人があらわれた。

根岸さまとしては『耳袋』の内容が世に広まるのは本意ではないので、貸す人を限定し、しかも返却期日を守らせた。

ところが、厳しく制限したことが、かえってあだとなった。

『耳袋』を読んだ人は、こんなおもしろいものを埋もれさせておくのはもったいないとして、勝手に書き写したのだ。

その写本から、さらに写本が作られる。

ついには、無断で出版する人まで出てくる始末でな。

その結果、根岸さまの意向とは無関係に、『耳袋』は世に広まってしまった。

身共が読んだ『耳袋』も、写本だった。写本の写本かもしれぬが。

『耳袋』に、こんな話がある——。

＊

ある商家の若い奉公人が大晦日《おおみそか》、売掛金を集金しての帰り、隅田川沿いの浜町《はまちょう》の河岸場を歩いていて、舟饅頭から声をかけられた。

つい、誘いに乗り、女と情を交わした。

舟からあがり、歩いていて、ふところに入れたはずの財布がないのに気づいた。

真っ青になって、途中で落としたのではないかと、これまで歩いた道をたどってみたが、見つからない。

もう、店へは帰れない。男は川に身を投げて死のうかと思ったが、それでも万が一という気持ちから、方々を尋ね歩いた。

元日を過ぎ、四日になって、はっと気づいた。

さっそく先日の河岸場に行き、停泊している舟を丹念に見ていくと、大晦日のときの舟饅頭がいた。男は素知らぬ顔で、舟に乗りこんだ。

すると、女のほうから小声で言った。

「おまえさんは、大晦日に来た人だね。忘れ物をしたろう」

「そうです、そうです。その品は」

と、財布の色や形状をくわしく述べ、もし見つからなければ、死んで主人に詫びるしかないと心に決めていたことも語った。

「きっと必死で探しているだろうと思い、あのあと、毎晩、ここに出ていたのだよ」

そう言いながら、女が財布を取りだし、手渡した。

男は感激し、謝礼としてかなりの額を渡そうとした。

しかし、女はほんのわずかを受け取っただけで、

「べつに、お礼など必要ありません」

と、大部分を返した。

男は女の名と、親分の住まいや名を確かめたあと、舟からあがった。

店に戻ると、奉公人が売掛金を持ったまま逐電したと、大騒ぎになっていた。

男は主人の前に出るや、

「恥を忍び、包まず申しあげます」

と、すべてを語り、財布と帳面を差しだした。

主人が照合すると、きちんとそろっている。

感嘆して言った。

「賤《いや》しき勤めをする身でありながら、そのような正直な心なのは感心だ。それに、おまえにもそろそろ、暖簾分けをしようと思っていたところだった」

そして、主人は男に店を持たせたうえ、舟饅頭の親方に掛けあい、女を身請けし、所帯を持たせた。

その後、ふたりは夫婦仲も睦まじく、商売も繁盛した。

所帯を持ったあと、女が男にしみじみと言った。

「あの金をおまえさんに返したのは、かならずしもあたしが正直だったからだけではないのです。舟饅頭の親方には貪欲非道の者が多く、配下の女が大金を手にしたのを嗅ぎつければ、殺して奪い取りかねません。

おまえさんは金がないと命を失いかねませんし、あたしは金をおまえさんに渡せば命が助かります。

そこで、誰にも内緒にして、ひたすらおまえさんが探しにくるのを待っていたのです」

卑賤な舟饅頭とはいえ、じつに聡明な女だった。

「──と、まあ、こういう話なのだがな。

しかし、実話ではあるまい。作り話だろうな。あまりに、できすぎておる。

もちろん、根岸さまが作り話を書いたという意味ではない。根岸さまは作り話を書くようなお方ではないからな。

根岸さまは人から聞かされた話を、眉唾《まゆつば》だなと感じながらも、律儀に筆記されたのであろう。まずは記録しておくことが大事とお考えだったのかもしれない。

実話ではないとはいえ、舟饅頭がどういうものか、雰囲気がわかろう」

「はあ、なんとなく、わかりますが」

返事をしながら、虎之助は狐につままれたような気分だった。いったい、大沢はなにを伝えたいのだろうか。

*

そんな当惑している虎之助を尻目に、大沢はさっさと切りあげる。

「もう、夜も更けたな。身共は帰るぞ」

三

篠田虎之助は羽織袴に、両刀を腰に差した格好で、関宿藩の下屋敷を出た。見送る門番は、虎之助がいつもどおり道場に行くと思っているであろう。

だが、虎之助が向かった先は、伊勢崎町にある茶漬屋の田中屋だった。

土間に置かれた数脚の床几は、ほぼ客で埋まっている。

茶漬けは手早く食べられるうえ、田中屋では小皿で梅醤《うめびしお》や煮豆、佃煮、塩辛、香の物などを出すので人気があった。

虎之助は床几のあいだを抜けて、座敷に向かう。田中屋には武士も珍しくないので、客はとくに虎之助を気にかけてはいない。

いったん座敷にあがった虎之助は、しばらくして、目立たないよう階段をのぼった。

二階には、隅に住みこみの老人用の一画がある。耳の不自由な老人はここで寝起きしていた。

そのほかの二階の大部分は、隠密廻り同心の大沢靫負用だった。

箪笥が二棹と、行李《こうり》が多数ある。いちばん目立つのは、鏡台があることだ。まるで、歌舞伎役者の楽屋のようと言おうか。

「お待たせしましたね」

お谷が階段をのぼってきた。

田中屋はしばらく女将不在となろう。

「忙しいところ、申しわけない」

「なにに変身するのですか」

「親分には、お店者に化けろと言われています」

親分とは、大沢に手札をもらっている岡っ引の作蔵のことである。

昨日、虎之助は作蔵からそう言い渡されていたのだ。

お谷はとくに問い返しもしない。

「親分の要望は、お店者ですか。でも、篠さんの歳では番頭はちょいと無理ですから、やはり手代《てだい》でしょうね」

「うむ、そうでしょうな」

虎之助は伊勢銀の番頭の伝兵衛や、井筒屋の番頭の七郎兵衛を思い浮かべた。

ふたりとも中年である。

夜であれば化粧などで老けさせ、誤魔化すこともできるが、昼間はとうてい無理だった。

お谷は簞笥の抽斗《ひきだし》を開けたり、行李の蓋を開けたりして、しばらく探していたが、

「これがいいでしょう」

と言いながら、着物と帯、それに手ぬぐいを取りだした。

「ほう、それが商家の手代風ですか」

「桟留縞《さんとめじま》の袷《あわせ》と、黒の太織《ふとり》の帯、それに十露盤絞《そろばんしぼ》りの手ぬぐいです。手代ですから、羽織はいりません。

あたしが深川で女郎をしていたとき、通ってくる新川《しんかわ》の酒問屋の手代がいたのですがね。商用にかこつけて外出し、真っ昼間、女郎屋に来るのですが、こんな格好をしていましたよ。手ぬぐいは、頭にかぶってもいいし、肩にかけるのも粋ですけどね。

おや、篠さん、なにをぼんやりしているのです。脱がないと、着替えができませんよ」

「あ、これは失礼した」

虎之助はお谷に叱責され、あわてて羽織袴、そして着物を脱ぐ。お谷の目の前で着物を脱ぎながら、虎之助は先日の、お蘭の大胆な行為を思いだした。男の視線の前で、ほとんど素っ裸になったのである。

お谷に手伝ってもらいながら、虎之助は商家の手代に変身した。

手代の身分で鉄扇を帯に差すわけにもいかないので、ふところに押しこんだ。

「では、あたしは先におりますよ。お店《たな》の衆にふさわしい下駄を見立てておきます」

「かたじけない」

お谷が階段をおりて、店に行く。

しばらく様子を見たあとで、虎之助は階段をおりた。

用意してあった下駄を履き、混みあっている床几のあいだを抜け、田中屋から通りに出た。

*

「仙台堀と油堀は、ほぼ同じころに開削《かいさく》された掘割だそうですがね。

しかし、雰囲気はだいぶ違いやす。仙台堀の両岸には、町家はもちろんですが、関宿藩のお下屋敷など、けっこうお武家屋敷がありやすね。

ところが、この油堀の両岸には、お武家屋敷はほとんどありやせん」

岡っ引の作蔵が虎之助に言った。

深川一色町の、油堀の岸辺である。

油堀には荷舟のほか、猪牙舟や屋根舟もひっきりなしに行き交っている。

「猪牙舟や屋根舟に乗っている客は、ほとんどが女郎買いの男ですぜ。油堀のそばには岡場所が多いですからね。油堀は女郎買いの通路と言えましょう。

そうそう、篠さんが不逞のお武家を懲らしめた裾継《すそつぎ》も油堀のそばですぜ」

作蔵が笑った。

虎之助は江戸に出てきてまもなく、ふとしたことから永代寺門前山本町にある裾継という岡場所で、女郎屋と縁ができた。

「そういえば、そうでしたね」

相槌を打ちながら、虎之助は自分が助けた藤井《ふじい》という遊女を思いだした。

年齢は十六歳だった。考えてみると、お蘭と同じ歳なのだ。

虎之助は藤井の容貌を思い浮かべると、胸を締めつけられるようだった。

「あれが、桜井という料理屋だったところです」

作蔵が、油堀のそばにある黒板塀に囲まれた建物を示した。

門の内側に桜の木があり、葉の茂った枝を垂らしている。桜井にちなんで桜を植えたのだろうか。

「料理屋として商売をしていたころは、

御料理　桜井
仕出し仕候

という看板をかかげていたのですが、いまは、外されていますな」

「仕出し仕候《つかまつりそうろう》とは、桟橋に着けた屋根舟へということでしょうか」

「そうでしょうな。

本当なら、門の中をのぞきこみたいところですが、怪しまれてはいけないので、ここから眺めるだけにしておきやしょう。ただでさえ、わっしはこのところ近くをうろついているので、桜井の者に顔を覚えられているかもしれませんからな」

「すると、吉原の幇間に首実検させるとのことでしたが、わかったのですか」

「へい、わかりやしたよ。間違いなく花魁の九重、夕霧、瀬川でした。吉原の花魁三人が身請けされて、いまはあの元は桜井の場所にいるわけです。くわしいことは、今度、大沢の旦那がいるときに、お話ししますがね」

「おや、屋根舟が来ましたぞ」

おりしも、一艘の屋根舟が桟橋に近づく。

船頭が棹を使って舟を桟橋に寄せたあと、棒杭に綱を舫《もや》った。

屋根舟は簾がおろされているため、乗っている人間がいるのかどうかは、わからない。

「篠さんに桜井を見せたら、それで終わりにするつもりだったのですが、ついでだから、もうちょいと見ていきやしょう」

「はい、かまいませんぞ」

屋根舟から、若い武士が出てきた。

桟橋を歩き、桜井の門を通って中に入っていった。

しばらくして、さきほどの武士が女を連れて出てきた。

女は遠目でも華やかな美人とわかる。髪は島田に結っていた。

「あの女が夕霧ですよ」

作蔵がささやいた。

驚いて、虎之助は目を凝らして女を眺めた。

井筒屋の若旦那の専太郎がかつて夢中になった花魁である。まったく知らない相手なのだが、虎之助は昔から知っている女のような気がした。

武士と夕霧は栈橋を歩き、屋根舟に乗りこんだ。ところが、夕霧が中に入ったのに対して、武士は船首の部分に座りこんだ。

もはや、簾にさえぎられ、夕霧の姿は見えない。

ややあって、桜井から女ふたりが出てきた。ともに襷がけをしていて、女中らしい。それぞれ重箱と酒器を運んでいる。

ふたりは栈橋から屋根舟の中に、重箱と酒器を運び入れた。

虎之助は見ていて疑問が募り、つぶやくように言った。

「あの武士は、なにをしているのでしょう」

「護衛ですな。舟の中に、肝心の男がいるわけです。簾がおろされているので、外からは見えませんがね」

酒と肴が運びこまれると、船頭が舫いを解いた。

棹を使って栈橋から舟を離したあと、油堀を進みだした。

屋根舟には船尾に船頭、船首に武士がいることになる。中の座敷には、夕霧と肝心の男であろう。

「油堀から隅田川に出るのでしょうな」

作蔵が屋根舟を見送りながら言った。

四

油堀に沿った道に、

しる八文
一ぜんめし
にしめ八文
酒さかな

と書かれた置行灯が出ていた。

岡っ引の作蔵が言った。

「どうです、一杯、やっていきやせんか。一膳飯屋ですが、酒も呑ませるようですぜ。今日は、篠さんがお店者の格好なので、わっしも誘いやすいものですからね」

「そうですな、軽くやりましょうか」

篠田虎之助は、この時刻では酒を呑んでも、暮六ツ（午後六時頃）前に下屋敷に戻れると思った。

中に入ると、土間には床几が数脚置かれ、奥に座敷がある。

ふたりは座敷にあがった。

作蔵が酒と、肴には泥鰌鍋《どじょうなべ》や煮染を頼んだ。

ちろりで酒が出ると、虎之助が相手の茶碗に酌をしようとした。

「いや、篠さんに酌をしてもらっては」

「いえ、この格好ですから、そうしないと」

お店者の格好をしているだけに、年長の作蔵に酌をするのが当然であろう。変装は単に外見を変えるだけではないことが、虎之助もわかってきていた。

「ああ、そうですな」

作蔵もふたりの立場を理解し、酌を受けた。

しばらく酒を呑み、肴を食べたあとで、作蔵がため息をついた。

「猪牙舟や屋根舟に乗ったことはありやすが、わっしもまだ船の上で捕物をしたことはありやせんからね。水に落ちたら大変ですぜ。

ところで、俗に『義経《よしつね》の八艘飛《はっそうと》び』と言いやすが、壇ノ浦の戦いで、源義経がぴょんぴょんと八艘の船を跳び移ったのは本当でしょうかね」

「おそらく義経伝説のたぐいでしょうね。本当ではありますまい。じつは、私は失敗談がありましてね。

子どものころ、兄が本で読んだ『義経の八艘飛び』の話をしてくれました。私はそれを聞いて、憧れたというか、自分もやってみたくてたまらなくなりましてな。

あるとき、川岸に小舟が数艘、係留してあるのを見て、そっとひとりで一艘に乗ったのです。勝手に他人の舟に乗りこむわけですから、人目を避けたのですがね。

そして、乗りこんだ舟から、やや離れている別の舟に、

『やーッ』

とばかりに、颯爽《さっそう》と跳び移ったのです。

ところが、跳んだ途端、舟がすーっと私の背後にさがったのです。いっぽう、私が跳び乗った舟は、ぐっと沈みながら、すーっと私の前方に進むではありませんか。

私は均衡を失い、体勢を崩して、背中から真っ逆さまに川の中に落ちてしまいましてね。そこは、子どもの足が底につかないくらいの深さでした。しかも、近くには誰もいませんでした」

「ほう、で、どうしたのです」

「私は必死で岸まで泳いで、どうにか助かったのですがね。それにしても、危ないところでした」

「えッ、ということは篠さん、おめえさん、泳げるのですかい」

作蔵の目が光っている。

その真剣な表情に、虎之助はやや驚いた。

「はい、私は関宿で育ちましたからね。

関宿の地で、利根川《とねがわ》と江戸川《えどがわ》が分かれます。関宿の地で、利根川と江戸川がつながると言ってもいいでしょうね。そんなわけで、関宿は水運が盛んなのです。

利根川と江戸川が近いため、子どものころ、夏のあいだの遊びは、ふんどし一丁の裸で、もっぱら川遊びでした。そのため、私は年長の者に手ほどきを受けて、いつの間にか泳げるようになったのです。といっても、我流ですがね。その後、関宿に水府流水術《すいふりゅうすいじゅつ》を修めた人がいたものですから、その方に入門して、水術を正式に稽古したのです」

「ほほう、水府流水術とは、どんな泳ぎをするのですかい」

「おおまかに分けて、平体、横体、立体とありましてね。平体は、身体をうつ伏せにして、顔をあげて泳ぐ泳法です。まあ、蛙のような泳ぎ方ですね。

横体は、身体を横にする、いわゆる横泳ぎです。

立体は、頭を水の上にぽっかり出す、いわゆる立ち泳ぎですね。

そのほか、櫓《やぐら》わざとよばれるものがあって、これは跳びこみです。私はこの櫓わざが、いちばんおもしろかったので、夢中になってやっていて師匠に叱られたものでした」

「ふ～ん、それにしても、たいしたものだ。

わっしは一度、隅田川でおこなわれた、お武家の水練を見物したことがありやすが、立ち泳ぎしながら、片手で扇を振っていましたぜ。おめえさんも、あんな芸当ができるのですかい」

作蔵が妙な興味を示す。

虎之助は笑った。

「さあ、やったことがないので、なんとも言えませんが。しかし、短いあいだであれば、できると思いますぞ」

「そうですか、おめえさんが泳げるとは知らなかったですな。ふ～む。大沢の旦那と話をして、作戦を変更したほうがいいかもしれませんな」

作蔵がつぶやく。

はっきりしたことは言わないが、隠密廻り同心の大沢靱負とのあいだで、なにやら謀議が進んでいるようだ。

作蔵は口が堅いため、そのときが来るまではけっして具体的なことは言わない。それがわかっているため、虎之助も追及するつもりはなかった。

「親分、そろそろ出ますか」

これから戻れば、下屋敷の門限には充分に間に合うであろう。

ひとり歩きながら、虎之助は子どものころを思いだした。

さきほど作蔵と泳ぎの話をしたことで、記憶がよみがえってきたのかもしれない。

＊

すでに夏は終わり、秋めいてきたころだった。さすがにふんどし一丁で泳ぐには水は冷たすぎたが、なんとなく川が懐《なつ》かしく、五、六人で江戸川の岸辺で遊んでいたときのことである。

長助《ちょうすけ》という男の子が、係留されていた小さな荷舟に乗り移った。そして、立ったまま、舟の上でトントンと跳び跳ねた。大きく揺れるのが楽しかったらしい。

荷舟が大きく傾いて長助は倒れそうになり、あわてて岸辺の石垣に両手をついて身体をささえた。すると、反動で荷舟がすーっと石垣から離れる。

長助の両手は石垣についたままで、足を乗せた舟が離れていく。

「あわわ」

狼狽《ろうばい》して叫んだ。

次の瞬間、長助は腹ばいの格好で水の中に落ちた。

その様子を見ていた虎之助たちは、

「間抜け、間抜け」

と、大きな波紋を広げる川面を指さし、まさに腹を抱えて大笑いした。

だが、みなの笑いがしだいに消え、不安に変わっていく。

水に沈んだ長助が、なかなか浮かびあがってこないのだ。

「大変だ」

「長助が溺れた」

子どもたちが大騒ぎをしているのを聞きつけ、船頭が駆け寄ってきた。

「どうしたんだ」

船頭は事情を知ると、その場で着物を脱いでふんどし一丁になり、川に飛びこんだ。水泳も潜水も得意なようだった。

子どもたちが示す場所に、船頭はもぐった。

だが、しばらくして水面に浮きあがってきた船頭は、

「駄目だ。濁っていてなにも見えねえ。手で川底を探ったが、わからなかった」

と言った。

その後、集まってきた男たちが舟をくりだし、てんでに棹で川底を探ったが、けっきょく見つからなかった。

三日後、関宿からかなり下流の江戸川で、長助の溺死体が浮いているのが見つかった。

ふんどしもつけていない真っ裸で、しかも全身は傷だらけだった。

長助の父親は関宿で有力な商人だったが、息子の無残な遺体を見て衝撃を受けた。

そして、一緒にいた男の子たちが長助に暴行を加え、着物をはいで裸にして川に放りこんだのではないかと疑い、

「お役人に訴える」

と、息巻いた。

だが、関宿には舟と川を熟知した船頭が多い。また、船頭は溺死体も見慣れていた。

そこで、長老格の船頭が、

「いったん川底に沈んだ死体は、下流に流されていくときに岩や石、沈んでいる流木などにぶつかったり、こすれたりします。そのため、身につけていた着物や

帯、ふんどしはみな脱げてしまい、身体のあちこちに傷もできるのです」
と説明し、父親はようやく納得した。
(考えてみると、最初に見た人の死は水死だったな)
虎之助はつぶやいた。
もはや、長助の顔は思いだすことができない。
それにしても、あっけない死だった。

第四章　水　戦

一

「北村恒平こと黒川惣兵衛は旗本だけに、親戚筋から聞きこんだ内情もあり、かなり真相に肉薄していた。いわゆる『蛇《じゃ》の道は蛇《へび》』で、一種の勘が働くのかもしれぬな。

身共は北村恒平と黒川惣兵衛は別人とする取引をして、黒川どのを免責《めんせき》するのと引き換えに、それまで仕入れたことを聞きだしたわけじゃ」

隠密廻り同心の大沢靫負が言った。

茶漬屋の田中屋の奥座敷である。

大沢の前には、篠田虎之助と岡っ引の作蔵、それに猪之吉・お谷の夫婦がいた。

住みこみの老人はすでに、二階の寝床に引きこんでいる。

「それに、作蔵が深川一色町の桜井について探った。それらを突きあわせると、陰謀がほの見えてきた。それどころか、大御所さまの影がちらつくではないか」

大御所とは、前の将軍家斉のことである。

虎之助は、大御所のかかわりは本当だったのかと、衝撃を受けた。作蔵も、猪之吉・お谷夫婦も顔が強張《こわば》っている。

大沢が続ける。

「身共も大御所さまの影を知り、怖くなったぞ。すぐに、お奉行の大草安房守さまにお知らせし、今後どうするかを相談した。

安房守さまも、さすがに大御所さまの影がちらつくのを知り、ためらわれていたがな。

しかし、逆から言えば、影がちらつく段階ならまだ、われらも動ける。大御所さまが姿をお見せになると、もう誰も手を出せない。だから、姿をお見せになる前に、つまり影の段階で片をつけようと、安房守さまは決断された」

虎之助は内心、ほ〜ぉと嘆声を発した。

安房守は蛮勇と言おうか。

蛮勇があるからこそ、長崎でお蘭を養女にしたのかもしれない。そう考えると、安房守の人柄がなんとなく理解できる。

「吉原の九重、夕霧、瀬川という花魁が立て続けに身請けされたことについて、大御所さまが身請けし、三人はいまは西の丸いるという、まことしやかな噂があるようだが、かならずしもまったくのでたらめではない。『中《あた》たらずと雖《いえど》も遠からず』と言おうかな」

虎之助は早く具体的に知りたくて、じりじりする気分だったが、ここは我慢するしかない。黙って大沢の説明に耳を傾ける。

「本石町《ほんこくちょう》に天童屋《てんどうや》という大店《おおだな》がある。主人の名は、庄左衛門《しょうざえもん》。もとは呉服屋だが、材木屋や小間物屋も兼ねている。取り扱う商品から、取引先がわかろう。呉服と小間物の最大のお得意先は、江戸城の大奥だ。また、材木の最大の需要は、江戸城や諸藩の藩邸の普請《ふしん》だ。

天童屋の主人の庄左衛門はこのところ、旗本の美濃部茂矩《みのべしげのり》どのに急接近している」

「旦那、話の腰を折るようで申し訳ないですが、美濃部茂矩さまとは誰ですかい。わっしは聞いたこともありやせんぜ」

作蔵がずけずけと質問した。

猪之吉とお谷も同感のようだ。

虎之助も、美濃部茂矩と聞いてもなにも思い浮かばない。

「うむ、まあ、無理もないな。では、この際、くわしく述べよう。

美濃部茂矩どのは家禄五百石の旗本で、屋敷は小石川御門外にある。十一代将軍家斉さまの小姓だったが、非常に気に入られて寵愛を受け、御小納戸頭取《おこなんどとうどり》に昇進した。

去年、家斉さまは将軍職を家慶《いえよし》さまに譲り、ご自分は大御所となって本丸から西の丸に住まいを移された。その際、美濃部どのも西の丸に連れていかれるほどじゃ。

かくして、美濃部どのは西の丸の御小納戸頭取となった。このことからも、家斉さまの美濃部どのへの信任のほどがわかろう。

つまり、家斉さまにとって、美濃部どのはつねにそばにいてほしい側近なのじゃ。『痒いところへ手が届く』側近と言おうかな。

そのため、美濃部どのの進言や要望はたいてい、聞き入れられる。

そこで、大御所さまへの口利きを頼もうと、美濃部どのの屋敷には幕臣や商人の訪問が引きも切らない。もちろん、みな贈物や賄賂を持参する。

じゃ。美濃部どのを通じて、幕臣は役職や利権を求め、商人は儲け仕事を求めるわけ

だが、美濃部どのは贈物や賄賂にはいわば食い飽きており、ありきたりの物を贈呈しても歯牙《しが》にもかけてもらえない。

贈物や賄賂で肥え太った美濃部どのが、『おっ、これは』と、思わずにんまりし、食指を動かすような仕掛けや工夫が必要ということじゃ。

そこで、天童屋庄左衛門が考えたのが、舟饅頭による接待だ」

「う〜ん、なるほど、それで読めてきましたぜ」

作蔵が嘆声を発した。

虎之助も先日、大沢が長々と舟饅頭について話をしたのを思いだした。あの時点で、大沢はすでに推察していたことになろう。

「もちろん、かつての舟饅頭は下級の売女《ばいじょ》だった。だが、天童屋庄左衛門がたくんでいる舟饅頭はおおいに異なる」

大沢がここで、みなを焦らすかのように煙管で一服する。

お谷がそれぞれの茶碗に、ちろりから酒をそそいだあと、

「鱁鮧《うるか》ですよ」

と言いながら、肴を出した。

小皿の上に、とろりとした土色のものが乗っている。

「ほう、これはなんですか」

虎之助が言った。

お谷はさらりと答える。

「鮎《あゆ》の塩辛ですよ」

鱁鮧は、鮎の内臓・卵巣・精巣などで作った塩辛で、高級品である。

田中屋では茶漬けを食べる客に総菜として塩辛などを提供しているが、さすがに鱁鮧は出さない。

(ほう、酒には合うな)

虎之助は生まれて初めて鱁鮧を口にした。

だが、大沢はもちろん、作蔵と猪之吉・お谷夫婦も鱁鮧は食べたことがあるようだった。

大沢が話を再開した。

「深川一色町の桜井を買い取ったのは天童屋庄左衛門だ。表向きは、天童屋の別荘としているがな。また、吉原の九重、夕霧、瀬川という三人の花魁を身請けしたのも、天童屋庄左衛門だ。表向きは本町の伊勢屋の主人が身請けしたことになっているがな。身請けされたあと、三人の花魁は桜井に住んでいる。

天童屋がやっているのは、舟饅頭による接待だよ。しかも、高級な舟饅頭だ。なにせ、吉原の花魁だった女だからな。

舟饅頭による接待で、要所の役人を次々と陥落させ、意のままに操っていくつもりだろうな」

「ほう、するってえと、どこかの河岸場からお役人を乗せ、桜井の前の桟橋に着ける。桜井から花魁のひとりが乗りこみ、料理と酒も運びこまれると、屋根舟は隅田川に漕ぎだす。

あとは、舟の中でお楽しみ。しかも、食と色のふたつのお楽しみというわけですか。

ふ〜む、羨ましいかぎりですな」

作蔵がやや忌々しそうに言った。

大沢が話を続ける。

「しかし、じつにうまい仕組みだぞ。

接待を受ける側からすれば、人に知られる恐れがない。たとえば、柳橋《やなぎばし》あたりの桟橋から男が屋根舟に乗りこんでも、なんの不思議もない。

柳橋を出発し、屋根舟が深川一色町の桜井の前の桟橋に着くと、女が乗りこみ、料理と酒が運びこまれるが、簾をおろしているので誰が中にいるのかはわからない。

あとは、隅田川に漕ぎだしてしまえば、裸になって絡みあっていても見られる恐れはないし、声を聞かれる気づかいもないというわけだ。こうすれば、完全に秘密をたもてる。

もちろん、船頭は口の堅い男を選んでいるだろうな」

「するってえと、例の、大御所さまの側近の美濃部茂矩さまも舟饅頭の接待を受けたのでしょうかね」

「当然、受けただろうな。そして、おおいに気に入った。

それどころか、大胆なことを企んだ。大御所さまに舟饅頭の遊興をさせようというのだ。美濃部どのと天童屋のあいだで、ひそかに練られた計画だろうな。

実現すれば、美濃部どのは大御所さまの急所を握り、天童屋は美濃部どのの急所を握ることになる。ふたりはもう、なにも怖いものはなくなる。ふたりにとって、やりたい放題というわけじゃ」

「え、まさか」

四人が一様に驚きの声をあげた。

虎之助はそれこそ眉唾《まゆつば》ではないかと思う。

大沢がニヤリと笑った。

「いくら変装をしてあちこちに潜入するといっても、町奉行所の隠密廻り同心ではお城の西の丸を探るのは無理でな。

この内情は、北村恒平こと黒川惣兵衛から仕入れた。

黒川どのの親類の娘が、西の丸で奥女中をしているそうだ。黒川どのはその奥女中に金を渡し、西の丸の内情を聞きだしていたのだ。悪知恵の働く者は違うのう。

とはいえ、黒川どのも、大御所さまや美濃部どのには手を出せない。天童屋を強請るつもりだったのだろうな。うまくいけば数百両、もしかしたら千両になると踏んだのかもしれない。

だからこそ、貴殿が依頼された夕霧に渡した起請文の件など、あっさり忘れられてしまったのさ」

大沢が虎之助に言った。

ここに至り、虎之助もすべてがつながり、わかった気がした。

これまで、大沢が黒川を不問に付した処置に釈然としないものを感じていた。

だが、西の丸の情報を得るための取引とわかり、虎之助は大沢の英断に感心した。

「大御所さまは、誘いに乗るでしょうか」

作蔵が言った。

大沢がきっぱりと答える。

「おそらく、乗ると思う。

生来の好色もあるが、いまは大御所で、いわばご隠居だからな。かなり自由が利く。

将軍のときには、こっそりお城から抜けだすなど絶対に無理だ。しかし、大御所のいまなら、お忍びで抜け出ることはできよう。しかも、あとは舟の中にいれば、人に見られることはない。

これまで多くの女を味わってきた大御所さまも、まだ吉原の遊女はご存じない。

美濃部どのが、

『吉原の花魁と舟で、隠れ遊びができますぞ』

とささやけば、大御所さまはかならずや目を光らせ、

『そのほう、うまく手配してくれ』

となるだろうな」

猪之吉・お谷夫婦は言葉を失っている。

虎之助の頭の中には疑念が渦巻いていたが、どう表現してよいのかわからない。

作蔵が言った。

「しかし、旦那、とんでもない話ですぜ。大御所さまが天童屋の接待を受けてしまったら、世の中、どうなるのですか」

「そこだよ。

いままでお城の中しかご存じなかった大御所さまは、隅田川に繰りだす舟饅頭との遊興に、おおいにご満悦になるだろうな。側近の美濃部どのに、

『うむ、天童屋の接待は気に入ったぞ』

と、ひとこと発せられれば、もうそれで決まりじゃ。

美濃部どのが各所に触れる。

『大御所さまは天童屋をいたく気に入っておられる。みな、心得ておくように』

そうなれば、町奉行所はじめ、幕府の役人はもう、天童屋には手を出せなくなる」

重苦しい沈黙が続く。

その沈黙を打ち破り、

「だから、大御所さまが舟饅頭をお召しあがりになる前に、天童屋を倒す」

と、大沢が宣言した。

二

永代寺門前山本町の、椿屋《つばきや》という船宿である。

岡っ引の作蔵が言った。

「おう、今日は、よろしく頼むぜ」

「へい、親分から頼まれると、あっしもいやとは言えませんからな」

椿屋の主人は三枡格子《みますごうし》の着物を着て、銀製の煙管を袖で包むように持っていた。色は浅黒く、鼻の穴が大きい。

作蔵が、背後で殊勝そうに控えている篠田虎之助と原牧之進を指さして言った。

「昨日も言った、新川あたりの若旦那だ。まあ、わっしに言わせると、道楽息子だがね。名は、略して虎と牧。面倒だから虎と牧と呼んでくれ。おい、それでいいよな」

「へい」

虎之助と原が照れたように笑う。

ふたりとも腰に刀は差しておらず、ともに頭に手ぬぐいを巻いていた。

新川は霊岸島《れいがんじま》を南北に分ける掘割だが、両岸の町並みの名称でもあった。新川には酒問屋が軒を並べている。

ふたりは、新川の酒問屋の若旦那という役まわりだった。

「こちらの虎と牧が、今度、舟を使った余興をやるらしくって、どうしても舟の稽古をしたいと言いだしてね。ちょいとした縁があって、わっしが按配《あんばい》を頼まれたのよ。

それで、わっしも苦しまぎれ、おめえさんに頼んだわけだがね。おめえさんしか、頼める相手がいなかったものだから」

「へい、へい、するってえと、猪牙舟が二艘、船頭もふたり付けなければなりませんな」

「そうなるな。椿屋も商売ができなくなるわけだから、もちろん、ちゃんと金は払うぜ。

また、ふたりがドジをしでかし、棹をへし折ったり、舟をぶつけて舳先が欠けたりしたら、そのぶんもきちんと弁償するからな」

虎之助は聞きながら、金は北町奉行所が支払うのだろうと思った。

主人が心配そうな表情になる。

「え、棹を折ったり、舳先が欠けたりしますか」

「冗談だよ。棹を折ったり舳先を欠いたりする前に、ふたりとも舟から水におっこちるだろうよ」

「さようですか。船頭は、又蔵《またぞう》と半助《はんすけ》を付けますので。ふたりとも泳ぎが達者ですから、もしものときは、お助けできると思います。

では、こちらへどうぞ」

主人が椿屋の店先から、油堀にもうけた桟橋に案内する。

桟橋には二艘の猪牙舟が用意され、船頭の又蔵と半助が待機していた。

作蔵がふたりの船頭に言った。

「親方から聞いているとおりだ。こちらのふたりに、舟の稽古をさせてやってくんな。

ただし、この油堀でやったんでは目立つし、行き交う舟にも迷惑だろう。ちょいと離れた、舟の少ない場所で頼むぜ」

「へい、かしこまりやした」

虎之助と原がそれぞれ、猪牙舟に乗りこんだ。

船頭が棹を操り、舟を桟橋から離す。

油堀を進みだした猪牙舟に向かい、作蔵が声をかけた。

「終わったら、わっしのところへ顔を出してくんな。若松屋という小料理屋だ」

*

油堀を東に進むと、南方向にほぼ直角に曲がってくる仙台堀と交差する。

二艘の猪牙舟は左に曲がって、仙台堀に入った。西岸は深川大和町《やまとちょう》の町屋だが、東岸は長州藩毛利家の町屋敷だった。

町屋敷は幕府から拝領したのではなく、長州藩が独自に入手した予備の屋敷である。およそ二万坪の広さがあるが、ほとんど人は住んでいないため、森閑としていた。

「虎さん、この辺でどうだい」

船頭の又蔵が言った。

虎之助は了承し、這うようにして船尾に向かう。うっかり猪牙舟の中で立ちあがれば、揺れて水に落ちてしまうであろう。

見ると、原も同じく這うようにして、船頭の半助が立っている船尾に向かっていた。

「おいらは棹ではなく、艪《ろ》を漕《こ》いでみたいのだがね」

船尾に達すると、虎之助が言った。

又蔵がすげなく断る。

「素人に艪は無理だよ。へたをすると、舟をひっくり返しちまうぜ」

「いや、ちょいと艪を漕がしてもらったことがあってね、少しはできるから」

子どものころ、虎之助は江戸川や利根川で荷舟の船頭に頼み、艪の漕ぎ方を教えてもらったことがあった。船頭は、虎之助が川関所の役人の息子と知っているため、たいていの場合、渋々ながらも漕がせてくれたのだ。

又蔵は疑わしそうな目をしながらも、

「ふ〜ん、そうかい。では、ちょいと、やってみるかい」

と言いながら、艪を取りつけた。

虎之助が艪を漕ぎはじめた。

最初のうちこそ荷舟とは勝手が違い、戸惑った。舟は進むどころか、その場でまわっている。

だが、しだいに要領がわかってきた。

虎之助が艪を漕ぐ様子を見ながら、

「ほう、虎さん、おめえさん、なかなかやるじゃねえか」

と、又蔵が評した。

荒い息をしながら、虎之助が言う。

「もう、汗びっしょりだよ」

「おめえさん、筋がいいぜ。ちょいと稽古をすりゃあ、じきに一人前の船頭になれる。

もし、親父どのに勘当されたら、椿屋に来な。あっしが親方に頼んで、船頭に雇ってもらえるようにするぜ」

虎之助が原のほうを見ると、棹を使って舟を操っていた。

もともと勘のよい男だけに、いつの間にかかなり上達している。自分でも実感しているに違いない。

又蔵が原の棹の使い方を眺めて、評した。

「ほう、あの牧さんの棹もなかなかだぜ。筋がいいな。鍛えれば、ものになるかもしれない」

虎之助が原に声をかける。

「牧さん、舟をもっとこっちへ寄せてくんねえ。八艘飛びの稽古をやろう」

「おい、虎さん、いったい、なにをおっぱじめるつもりだ」

又蔵が血相を変えた。

虎之助がなだめる。

「余興に『義経の八艘飛び』をやろうと思いましてね。その稽古です。

もちろん、隣の舟にちょいと跳び移るだけですから」

「おい、冗談じゃねえぜ。おめえさん、舟から舟に跳び移るのがどんなに危ないか知らねえから、そんな呑気なことが言えるんだ。舟がひっくり返ったらどうするつもりだ」

又蔵は本気で怒っている。

虎之助は子どものときの経験で、危険は充分に承知しているのだが、それを言うわけにはいかない。

「では、またいで移りますから。

牧さん、もうちょいと寄せてくんな」

二艘の猪牙舟の間隔が二尺（約六十センチ）ほどになったところで、虎之助が、

「牧さん、その場にしゃがんで、船縁《ふなべり》をつかみな」

と叫びながら、ひょいと跳び移った。

急に重みが加わり、猪牙舟はいったんグッと沈むと、続いて浮きあがりながらグラグラと揺れる。

跳び移った瞬間、虎之助は身体を低くしながら、左右の手で船縁をつかんでささえていた。

「おい、なにしやがんでい。この馬鹿野郎」

船頭の半助は怒りを発しながらも、懸命に棹を使って舟を安定させている。

虎之助が見ると、又蔵が乗った猪牙舟は跳び移るときの反動で、揺れながら離れていく。やはり、又蔵が棹で懸命に舟を安定させていた。

「もう、おしまいだ。これ以上はお断りだ」

「てめえらのお遊びには、とても付き合っていられねえよ」

又蔵と半助が口々に罵《ののし》った。

「舟から舟に跳び移ったとき、双方の舟がどうなるか、わかったろう」

虎之助がささやく。

牧之進も小声で言う。

「うむ、驚いたぞ。うっかりすると、水に落ちるな。それにしても、舟に関しては貴公のほうが拙者より一日の長があるようだ」

「一日の長があるのは舟だけではないぞ」

「なにを言うか」

ふたりはくすくす笑う。

いっぽう、又蔵と半助は棹を使い、さっさと舟を椿屋に向けた。

また跳び移りをやられてはたまったものでないという気分なのか、虎之助にもとの舟に戻れとは言わない。

そのため、又蔵は空の猪牙舟なのに対し、半助はふたりの男を乗せた猪牙舟を操る羽目になっていた。

また、半助にしてみれば、虎之助と原が怒鳴りつけられてしょげるどころか、ひそひそ話をしながら笑っているのがなんとも腹立たしいようだった。

まさに、大店の能天気な若旦那と思っているであろう。

三

しばらく前に、永代寺の八ツ（午後二時頃）の鐘が鳴った。

油堀に苫舟が停泊している。

かつては、苫舟と言えばすぐに舟饅頭が連想された。

だが、いまは舟饅頭など知らない人間がほとんどであり、そんな連想をする者はいない。みな、濡らしてはいけない大事な品物を運ぶ荷舟と見ているであろう。

岡っ引の作蔵が荷舟を調達し、子分たちが苫で屋根を葺《ふ》いて苫舟に仕立てたのである。

苫舟の苫屋根の下には、篠田虎之助と隠密廻り同心の大沢靱負、作蔵、そしてお蘭がいた。

虎之助と大沢、作蔵は手ぬぐいで頬被りをしていた。お蘭は袴を穿き、襷を掛けて着物の袖をたくしあげている。

苫舟には薙刀が横たえられていたが、舟の中では目立つことはない。

やや離れた場所に、作蔵が調達した猪牙舟が停泊していた。

猪牙舟には若い船頭が手持無沙汰な様子で船尾に腰をおろしているが、原牧之進だった。やはり手ぬぐいで頬被りをしている。

神道夢想流杖術の杖が横たえられているが、猪牙舟に棹があるのはごく普通であり、誰も奇異に思う人はいないであろう。

「来やしたぜ。あの屋根舟ですよ」

作蔵がささやいた。

お蘭が不思議そうに言う。

「なんの変哲もない屋根舟のようですが」

「目立たないようにしているわけです。内装は豪華なようですぜ。なにせ、舟饅頭は吉原の花魁、客はみな要職のお役人ですからね」

作蔵がニヤニヤした。

だが、お蘭は無表情をたもっている。

「客は、美濃部茂矩どのですか」

虎之助が言った。

作蔵が受けあう。

「間違いありやせん。さきほど、柳橋の船宿の桟橋から屋根舟に乗りこむところを、わっしの子分が見届けました。

子分はすぐさま別の船宿で猪牙舟を雇い、わっしに知らせにきたのです。猪牙舟は屋根舟よりはるかに速いですからね。隅田川ですぐに追い抜いたのですよ」

「なるほど。でも、美濃部どのはすでに経験しているはずですが」

虎之助が疑問を呈する。

大沢が答えた。

「貴人に極上の饅頭を召しあがっていただくため、まず自分が吟味するということだろうな。饅頭は三種類あるからな」

「なるほど、三種類の味の饅頭を試食してみるということですな。いや、毒味ですかね。しかし、それは建前で、本当はなにより自分が饅頭を食ってみたいのではないですかね」

作蔵が評した。

大沢が感心したように言う。

「てめえ、毒味とは、なかなかうまいことを言うな。

貴人ともなると、つらいこともあるぞ。食事は、毒味役が賞味したあとの、冷えた料理を味わわねばならぬ。饅頭にしても、美濃部どのが毒味したあとになる。貴人はいい面《つら》の皮だな」

大御所とは言わず、貴人と言うにとどめている。しかし、大沢の発言は大胆だった。

作蔵が愉快そうに笑う。

いっぽう、お蘭は眉をひそめていた。不愉快極まりない話題なのであろう。

屋根舟が、桜井の前の桟橋に接岸した。

簾をあげて、若い武士が姿を見せた。桟橋を通り、桜井のほうへ行く。

「あの男は美濃部家の家臣で、西原和三郎《にしはらわさぶろう》という。北辰一刀流《ほくしんいっとうりゅう》の免許皆伝だそうじゃ」

大沢が言った。

虎之助は西原の後ろ姿を目で追う。

(免許皆伝といっても、しょせん道場剣術。それに、舟の上での動きには慣れておるまい)

だが、舐めてかかってはいかぬぞと、ひそかに自分を戒める。実戦では思いがけぬことが起きるのだ。

先日の、黒川惣兵衛の屋敷を思いだす。

障子の陰から突然、刀が突きだされてきた。剣先を受けた場所が太腿だったので、かろうじて大事に至らなかった。

だが、もう少し上だったら、脇腹を刺されていたであろう。重傷だったはずである。

あとで思いだし、虎之助はあらためて冷や汗をかいたものだった。

「出てきたぞ」

大沢がささやく。

西原のあとに若い女が従っている。

「あの女は九重ですな」

作蔵が言った。

見ていると、九重が屋根舟に乗りこみ、簾の内側に姿を消した。

続いて、桜井からふたりの女中が、それぞれ酒器と重箱を手にして出てきた。

酒器と重箱を屋根舟に積みこみ、女中ふたりが去ると、西原が船頭に手を振った。舟を出せという合図のようだ。

船尾の船頭に指示したあと、西原は船首にどっかと座った。

船頭は棹を使い、屋根舟を桟橋から離していく。

「さあ、いよいよじゃ。

船頭の虎さん、頼むぜ」

大沢が珍しく軽口を言う。とりもなおさず、緊張の反映であろう。

虎之助が棹を使い、苫舟を動かすのだ。

「作蔵、てめえは子分どもを動かして、あたりを警戒してくれよ。

お蘭どの、薙刀を持つのはよいのですが、その後は原牧之進どのと歩調を合わせてくだされ。よろしいですな。直前まで、目立たないのが大事でしてな。

身共は小者を率いて、桜井に乗りこみます」

大沢が矢継ぎ早に指示をした。

虎之助が棹を操り、苫舟を河岸場に着ける。

大沢、お蘭、そして作蔵が下船した。あとは、苫舟には虎之助ひとりである。

四

美濃部茂矩と九重を乗せた屋根舟が、油堀から隅田川に入った。簾がおりているため、美濃部と九重の様子はまったくわからない。

船首には護衛の西原和三郎が大刀をそばに置き、でんと座っている。

船尾で棹を使っていた船頭は、艪に切り替えた。

屋根舟には四人が乗っているが、隅田川に入るや、篠田虎之助は棹から艪に切り替えた。

あとをつける苫舟でも、隅田川に入るや、篠田虎之助は棹から艪に切り替えた。

虎之助の艪の技術は本職の船頭よりはるかに劣るとはいえ、重量が軽いため、屋根舟と苫舟の距離が徐々に縮まっていった。

屋根舟は隅田川をさかのぼり、新大橋をくぐり抜けたあと、東岸に近づいていく。やがて、御船蔵《おふなぐら》が見えてきた。

御船蔵には幕府の官船を格納する大小の蔵が建っていて、その規模は隅田川の東岸に、長さおよそ三町（約三百二十メートル）にわたっていた。

当然ながら、御船蔵の前あたりは各種の舟の行き来は少ない。

簾をおろしているので外からは見えないとはいえ、屋根舟はほかの舟が少ない御船蔵の前あたりを目指しているようだった。

ほかの舟が少ないのは、虎之助にとっても都合がよかった。

苫舟が近づいていく。

そのまま追い越しそうに見えたが、苫舟と屋根舟の間隔が急速にせばまる。

気づいた船頭が、虎之助に向かって怒鳴った。

「おい、てめえ、なにやってんだ。ぶつかるぞ。離れろ」

だが、そのまま屋根舟と苫舟が横からぶつかった。

ドーンと衝撃音がして、ミシミシと船体が軋む。

「きゃーっ」

簾の内側で女の悲鳴があがる。九重であろう。

「何事じゃ」

狼狽と怒りの声があがる。美濃部であろう。

「おい、どうしたんだ」

船首で西原が船頭に向けて叫んだが、その声には恐怖があった。おそらく、突然の揺れに動転し、船体のどこかに必死でしがみついているのであろう。

船頭は足を踏ん張り、艪を握りしめて、かろうじて身体をささえていた。

「この頓智気《とんちき》野郎め」

あえぐように言い、その目は怒りに燃えている。

虎之助はやおら、用意していた渡し板を手にした。

板の両端に、頑丈な脚が取りつけられていた。田中屋の猪之吉が大工に頼み、作ってもらった物である。

渡し板を、虎之助が苫舟と屋根舟のあいだにすばやく設置した。ふたつの脚が鎹《かすがい》のように働き、苫舟と屋根舟の船縁をつなぎとめる。

虎之助は隠していた大刀を鞘から抜き放った。そして、抜き身を持ったまま、渡し板を踏んで屋根舟に乗り移る。

船頭はそれまで怒りで顔を真っ赤にしていたが、抜き身を見た途端、身体を硬直させた。顔面からは血の気が引いている。

虎之助としてはできるだけ刃物は使いたくなかった。だが、船頭は棹に慣れているため、杖を見せてもさほど恐怖は覚えないであろうと考え、あえて白刃《はくじん》にしたのだ。

予想どおり、刀を突きつけられて、船頭は震えあがっている。

虎之助が言った。

「てめえ、泳げるか」

「へ、へい」

「いちばん近い岸まで、泳いでたどり着く自信はあるか」

船頭はちらりと御船蔵を見て、

「へい、いけやす」

と、震え声で答える。

虎之助が剣先を向けながら言う。

「それはよかった。てめえは命拾いをしたぜ。死にたくなかったら、さっさと川に飛びこめ」

「へい、命ばかりはお助けを。すぐに跳びこみますんで」

船頭がそのまま川に飛びこもうとする。

あわてて虎之助が言った。

「おい、そのままでは着物の裾が足に絡まって溺れるぞ。着物は脱いでいけ。財布も煙管も置いていけ。盗みはせぬ。あとで、取りに戻ればよかろう」

「へい、では」

船頭はふところの財布などを取りだし、足元に置いた。細帯を解いて浴衣を脱ぎ、ふんどし一丁の姿になると、隅田川に飛びこむ。

飛びこむ寸前の船頭に向かって、虎之助が言った。

「俺は北村恒平さまの手下だ。覚えておきな」

次の瞬間、ザブンと水音がした。

足で蹴った反動で、屋根舟が大きく揺れながら、隣りあった苫舟を押していく。

船頭が御船蔵のある岸に泳いでいくのを確認したあと、虎之助は西原の様子をうかがった。

船首から船尾に来るには、あいだの座敷を通り抜けねばならない。

座敷でなにがおこなわれているかは西原も知っているため、とても通り抜けはできないのであろう。船首にいて、やきもきするだけで、どうしてよいのか、ひたすら焦っているに違いない。

虎之助は抜身を手にしたまま、身体をかがめ、座敷に足を踏み入れた。

畳四枚ほどの座敷には赤毛氈《あかもうせん》が敷き詰められていた。その上に、布団が敷かれている。

酒器が倒れ、蒲団の隅が濡れていた。そばに、重箱もひっくり返り、卵料理や鶏肉を使った料理が散乱している。

香が炊かれていたのか、簾の内に官能を刺激する甘い香りがこもっていた。

長襦袢姿の男女が布団の上で、真っ青な顔で抱きあっていた。男は美濃部茂矩、女は九重であろう。

ふたりとも狼狽しているので長襦袢の裾が乱れ、男はふんどし、女は緋縮緬《ひぢりめん》の湯文字が見えていた。

男が精一杯の威厳を見せる。

「な、何者じゃ。わしが誰かわかっておるのか。ただでは済まんぞ」

「誰だか、わかっております。美濃部茂矩どのですな。

この女はいただいていきますぞ」

虎之助が剣先を突きつける。

美濃部の顔が引きつっていた。

自分と知って襲ってきたのが信じられないと同時に、敵が誰なのか、恐怖を覚えているに違いない。

すぐそばには大刀と脇差が横たえられているのだが、美濃部は手にする気配はなかった。剣術はまったく自信がないのであろう。

虎之助が、長襦袢のままの九重をうながす。

「早く着物を着なさい」

「は、はい」

九重が膝をついたままの格好で着物を着ていく。

まだ完全に着付けは終わっていなかったが、虎之助が、

「さあ、出ますぞ」

と、九重の手を引く。

美濃部は命を奪われることはないと悟ったのか、急に強気になった。

「そのほう、誰に頼まれた。誰の指図じゃ」

「北村恒平とだけ申しておきましょう」

虎之助は言い残して、座敷から船尾に出た。

「早く着付けを」

「はい」

船尾でまっすぐに立ち、九重があらためて着物を着付け、帯を締める。

「おい、西原、なにをしておる」

美濃部の怒鳴り声が聞こえた。

虎之助が手を取り、九重を屋根舟から苫舟に乗り移させる。

九重が苫舟に移り、虎之助が渡し板を外そうとしたところに、西原が船尾に現れた。美濃部にうながされ、座敷を通り抜けてきたようだ。

西原は抜き身を手にしていたが、へっぴり腰だった。足元が揺れるので、まっすぐに立っているのがやっとのようだ。

虎之助は刀を鞘に収め、杖を手にした。

「おのれ、逃がさんぞ」

西原が刀を振りかぶり、渡し板に足をかけた。

そこを、虎之助が杖でピシリと膝を撃ち、さらに胸を突いた。

西原があっけなく背中から転倒し、ぼちゃんと水音がする。

(しまった、水に落ちたか)

虎之助は一瞬、ひやりとしたが、西原の身体は舟の上にある。水音は、手にしていた刀が落ちたのだった。

渡し板を外したあと、虎之助は、

「隠れていなさい」

と、九重を苫屋根の下にいざなった。

九重はいったい、なにがなんだかわからないのであろうが、言われるままにな
っていた。
虎之助が艪を漕ぎ、苫舟はゆっくり旋回すると、隅田川をくだりはじめた。集
合場所は仙台堀の河岸場と、あらかじめ決まっていた。
美濃部と西原を乗せた屋根舟も、下流に向けてただよっている。
そのうち、さきほどの船頭が泳いで戻ってくるであろうか。
船頭が不在で漂流したとしても、いずれ西原が叫んで、ほかの舟に助けを求め
るであろう。
苫舟の櫓を漕ぎながら、虎之助はこの分だと暮六ツ（午後六時頃）までに、変
装からもとに戻り、関宿藩の下屋敷に帰れそうだと思った。
ただし、原牧之進と合流して祝杯をあげるのは難しいであろう。それが、やや
残念だった。
隅田川から左に曲がって仙台堀に入る前、虎之助は目を凝らして見つめたが、
さきほどの屋根舟はもう判別できなかった。
漕ぎ手を失ったまま、河口に向かってただよっているのだろうか。それとも、
誰かが乗りこみ、艪を漕いでいるのだろうか。

五

手ぬぐいで頬被りをした原牧之進と、御高祖頭巾《おこそずきん》で顔を隠したお蘭が桜井の門をつかつかと入っていった。

原は神道夢想流の杖、お蘭は薙刀を手にしている。

剣呑なふたりの姿を見て、女中たちは、

「どちらから、いらっしゃいましたか」

と問うのも忘れ、顔色を変えて立ちすくんでいる。

原もお蘭も、岡っ引の作蔵の調べで、桜井の間取りも、元の花魁たちの部屋の位置もほぼ把握していた。

ふたりは顔を見あわせ、無言でうなずく。

事前に、原が天童屋庄左衛門、お蘭が元花魁のふたりと、役割分担が決まっていたのだ。それぞれ、土足のまま玄関にあがる。

そのとき、女中のひとりが、

「きゃー」

と叫んだ。

その悲鳴で我に返ったかのように、女中たちが口々に叫ぶ。

「誰か来てー」

「押しこみですよー」

叫び声を聞きつけ、奥から刀を持ったふたりの男が飛びだしてきた。桜井に用心棒として雇われている浪人だった。

「あとは任せますぞ」

お蘭が言った。

原が杖を構えながら答える。

「おう、心得た。そなたは、早く女のところへ行ってくれ」

先頭の男が刀を振りかぶり、

「何者だ」

と叫びながら、斬りつけてきた。

原が持つのが杖と見て、軽んじている。

刀の動きが途中で止まった。屋内なのを忘れていたのだ。剣先が天井に引っかかっていた。

相手のがら空きの胴を、原が杖で突いた。

鳩尾《みぞおち》を突かれ、男はくぐもったうめき声を発しながら、その場にくずおれる。刀は天井に刺さったままだった。

もうひとりは、先の男の失敗を見ていたため、刀を中段に構えている。慎重に間合いを測っていた。

原は杖を身体の後方に構え、相手が間合いを測りにくくした。屋内のため、軽率に杖を振るうと天井や柱にはばまれる。そのため、突きを主体にするつもりだった。

男が刀を八相に構え、袈裟《けさ》斬《ぎ》りに斬りこもうとする。

原が牽制して、相手の顔面に突きを入れる。

男は顔を傾けて突きを避けながら、好機とばかり、杖を断ち切ろうとした。すばやく杖を引き戻した原が、すかさず相手の両足のあいだに突っこみ、跳ねあげるようにした。

男はよろめき、柱に肩を打ちつけたあと、転倒した。そこを、原が杖で横腹を突く。男はグエッとうめくや、悶絶した。

あとは、障子や襖があれば、まず杖で突いて背後に奇襲を狙っている者がいないかを確かめながら、原は部屋から部屋を調べていく。先日、篠田虎之助の反省を聞いたことによる用心だった。

六畳ほどの部屋に、縞縮緬《しまちりめん》の羽織を着た四十代なかばの男が、長火鉢を前にして座っていた。なかなか恰幅がいいが、顔面は蒼白である。

「天童屋庄左衛門どのか」

「なにが望みですか。ここには、大金はありませんぞ。金は、あたくしの紙入れに入っているだけです」

「望みは金ではない。吉原の元花魁のふたりを、いただいていく」

「誰の指図ですか」

「北村恒平とだけ申しておこう」

言い捨てて、原は部屋から出た。

廊下で、

「おーい」

と叫ぶ。

「おーい」

と、女の声が返ってきた。

その声を頼りに原が進むと、御高祖頭巾をかぶったお蘭が薙刀を手にして、仁王立ちしていた。

その足元に、女がふたり座っている。夕霧と瀬川だった。

お蘭が言った。

「邪魔立てする者は」

「もう、いないと思うが、用心するに越したことはない。拙者が先頭で出ましょうかな」

「心得ました。

では、行きますぞ」

お蘭が夕霧と瀬川をうながす。

ふたりはすでに説明を受けていたのか、素直に立ちあがる。

四人で桜井の門を出た。

しばらく油堀に沿って歩くと、三丁の駕籠が待っていた。

お蘭、夕霧と瀬川の三人が駕籠に乗りこむ。行き先はすでに指示されているのか、人足は黙って駕籠をかつぎあげ、すぐに出発した。

原はお蘭から薙刀を受け取ると、係留してあった猪牙舟に乗りこんだ。棹を使って、集合場所である仙台堀の河岸場に向かう。

＊

お蘭と夕霧、瀬川が駕籠に乗って去り、原が猪牙舟で去ったのを確認して、町奉行所の一行が桜井に踏みこんだ。

「御用だ、神妙にしろ」

六尺棒を持った小者たちが口々に叫びながら、草鞋履きのまま屋内を傍若無人に歩きまわる。

女中や下女たちは一か所に集まり、抱きあって震えていた。

一室に、庄左衛門が虚脱したように座っている。やや離れて、原に痛めつけられたふたりの浪人が面目《めんぼく》なげにうつむいていた。

隠密廻り同心の大沢靱負が朱房の十手を手に、部屋に入ってきた。

「天童屋庄左衛門はそのほうか」

「はい、さようでございます」

「ここは、そのほうの地所か」

「はい、天童屋の別宅でございます」

「吉原の江戸町二丁目の尾張屋の九重、角町の絹屋の夕霧、京町一丁目の中万字屋の瀬川、この三人の遊女をそのほうがかどわかし、ここに幽閉しているという訴えがあった。それで、調べに入った」

「かどわかしたなど、とんでもございません。あの三人は、あたくしが身請けしたのでございます。ちゃんと、身請け証文も取り交わしております」

庄左衛門が憤然として言った。

だが、大沢には待ちかねていた抗弁《こうべん》だった。

すかさず、叱責する。

「嘘、偽りを申すな。

尾張屋、絹屋、中万字屋の楼主に面会し、身請け証文を確かめてきた。身請けしたのは本町の伊勢屋じゃ。天童屋庄左衛門とはどこにも書いてなかったぞ。

これを、どう説明するのか」

庄左衛門の顔からたちまち血の気が引いた。

内心で、アッと叫んでいるに違いない。

自分がとんでもない窮地に追いこまれているのを悟ったようだ。

頭の中では、美濃部茂矩の名を出すべきかどうか、迷っているに違いない。

もし、ここに美濃部が戻ってくればどうなるのか。役人たちは恐懼《きょうく》して引きさがるのか、それとも、ますます事態が紛糾するのか、庄左衛門も判断がつかないようだ。

目には焦燥の色がある。

かろうじて、言った。

「三人がこちらに訪ねてきまして、しばらく滞在していたのですが、さきほど、押し入ってきたものにさらわれました」

庄左衛門は三人と言ったが、実際は九重は美濃部と屋根舟に乗って隅田川のどこかにいるはずだと思っている。

まだ、屋根舟が襲われ、九重が連れ去られたことは知らない。そのため、やはり美濃部の名は出さないほうがいいと判断したらしかった。

大沢が首を傾げながら問う。

「ふうむ、押し入ってきたのは誰じゃ」

「北村恒平と申す者の配下のようでした」

「う～ん、やはり北村恒平か。

北村恒平は吉原で悪辣《あくらつ》な強請りたかりを働く、札付きの悪党でな。われら町奉行所も懸命に行方を追っておるのだが、なかなか尻尾を出さぬ。せめて配下の者を捕らえれば、拷問をしてでも白状させたのだが、残念だ。それにしても、女を連れ去られたか。じつは、本町の伊勢屋を調べているのだが、吉原の花魁を身請けした伊勢屋などなくてな。ますます謎は深まるばかりだぞ。北村恒平の正体が知れぬ」

大沢が笑いを嚙み殺して、いかにも無念そうに言った。

庄左衛門の頭は混乱しているに違いない。

「肝心の女がすでにいないのでは、もう、なすすべはないな。今日のところは、ひとまず引きあげる。

そのほう、奉行所に出頭してもらうことになるやもしれぬぞ。覚悟しておくがよい」

「はい、かしこまりました」

「おい、引きあげるぞ」

大沢は小者を率い、桜井から潮が引くように退去した。

第五章　目通り

一

隠密廻り同心の大沢靱負は上機嫌だった。

田中屋の奥座敷には、鰻の蒲焼が乗った大皿が置かれている。大沢が鰻屋で注文し、さきほど丁稚が届けてきたものだった。

篠田虎之助、岡っ引の作蔵、それに猪之吉・お谷夫婦は遠慮なく鰻に手を伸ばす。

猪之吉が、からかうように言った。

「おい、てめえ、せっかくだから、みなさんに端唄でも披露してはどうだ」

「昔から、あたしは鰻の前では端唄はやらないことに決めていてね。鰻と端唄は食べあわせが悪いとか言うじゃないか」

お谷がけろりとして言い返した。

猪之吉がやり返す。

「おい、食べあわせが悪いのは梅干と鰻、田螺《たにし》と蕎麦だろうよ。鰻と端唄なんぞ、聞いたことがねえぞ」

この夫婦のやりとりに、みなは大笑いする。

笑いがおさまったのを見て、大沢が肝心の話題に移った。

「さて、現状を述べようか。

今回の作戦で、ひとまず大御所さまが舟饅頭を召しあがる事態は、寸前で阻止できたことになろうな」

「するってえと、美濃部茂矩さまと天童屋庄左衛門さんの企《くわだ》ては失敗したわけですね。ずいぶん準備に金をかけたでしょうに。全部、無駄になったわけですな」

作蔵が感慨深そうに言った。

ここで、ずっと気になっていたことを虎之助が質問した。

「美濃部どのと護衛の西原和三郎どのが乗った屋根舟を、私は放置してきたのですが、その後、どうなったのでしょうか」

「艪を漕ぐ船頭がいないまま屋根舟がただよっているのを見て、異変を感じた舟が近寄ってきたようだ。美濃部どのと西原どのがどんな弁解をしたのか知らぬが、そばで聞いていたらさぞ愉快だったろうな。

そこに、そなたに放りだされた船頭が別な舟に乗せられて戻ってきた。岸に泳ぎ着いたあと、ほかの舟の船頭に頼んだのだろうな。

まあ、それで屋根舟は海まで流されることはなかった。美濃部どのも西原どのも助かったわけだ。

ふたりは桜井には戻らず、そのまま柳橋の河岸におりて、屋敷に帰った。九死に一生を得た気分だったろうな。

いっぽう、船頭に命じて、九重が連れ去られたことを桜井の天童屋庄左衛門に伝えさせた。

ところが、ほぼ同じころに桜井でも事件が起き、夕霧と瀬川が連れ去られたことがわかった。

美濃部どのは愕然としたろうな。

ともかく、美濃部どのは自分がとんでもない事件に巻きこまれ、窮地に追いこまれているのがわかった。それは、庄左衛門も同じだろうな。

ふたりはきっと、ひそかに会い、今後どうすべきか相談したであろう。

美濃部どのにしてみれば、どんな手を使っても、事件を揉み消したい。

これまで大御所さまの寵愛を背景に、美濃部どのは権勢を振るってきた。それだけに、敵も多い。

敵は美濃部どのを失脚させる機会を虎視眈々《こしたんたん》と狙っている。もし事件がおおやけになると、そんな敵に好餌《こうじ》を与えるようなものだからな。

そこで、美濃部どのと庄左衛門はとにかく関係している人間の口封じをはかり、事件を隠蔽《いんぺい》した。ずいぶん、金がかかったろうよ。

とくに庄左衛門にしてみれば、大金を出して身請けした三人の花魁を奪われた上に、事件を揉み消すためにまた大金を使わねばならぬのだから、まさに泣きっ面に蜂だろうな」

「ところで、その後、三人の花魁はどうしているのでしょうか」

虎之助が気になっていた質問をした。

というのも、あの日、九重を乗せた苫舟を仙台堀の河岸場に着けると、作蔵と子分、それに駕籠が待っていた。そして、駕籠は九重を乗せるとすぐに、どこやらに向けて出発した。虎之助も苫舟を作蔵と子分に任せ、すぐにその場を離れた。

そのため、九重をはじめ、ほかのふたりがその後どうなったのか、知らなかったのだ。

大沢が笑みを含んで言う。

「九重、夕霧、瀬川の三人は、いま大草安房守さまのお屋敷にいる」

「えっ、北町奉行所の中にいるのですか」

虎之助が驚いて言った。

そばで、作蔵はすでに事情を知っているのか、ニヤニヤしている。

「安房守さまは北町奉行に就任以来、家族とともに北町奉行所内の役宅にお住まいだが、まさか花魁を役宅に同居させるわけにはいかない。

そこで、小日向服部坂の大草家のお屋敷に、三人をかくまったのじゃ。護衛としてお蘭どのも一緒に住んでおる。お蘭どのはみずから志願したようだがな。

きっとお蘭どのは、寝るときは枕元に薙刀と鎖鎌を置いていると思うぞ」

そう言うと、大沢がおかしそうに笑った。

ここにいたり、虎之助は九重を乗せた駕籠は小日向服部坂に向かったのだとわかった。

桜井を出て駕籠に乗った夕霧と瀬川、そしてお蘭も同様、小日向服部坂に行ったのだった。

「しかし、旦那、お奉行さまは三人をどうするおつもりなのですか。まさか、三人を側室にするとか」

作蔵がずけずけと言った。

まさに虎之助の脳裏に生じた疑念でもあった。

大沢が苦笑する。

「おいおい、それはないぞ。

三人はそれぞれ、大草家の家臣の養女となった。

安房守さまは、三人を旗本大草家の家臣の娘として、縁づかせてやるおつもりなのじゃ」

「まあ、お奉行さまは、お情け深い方なのですね。きっと、よい縁があるでしょう。ありがたいことですね」

お谷がしみじみと言った。

ちょっと、涙ぐんでいるようだ。

虎之助も大草安房守の処置に心が動いた。

大草は丸山の遊女が産んだ子を養女にした。今度は、吉原の遊女三人を家臣の養女にすることで、新しい人生に送りだしてやると言えようか。

みな、しんみりした気分になる。しばし、黙って酒を呑んだ。

大沢が話を再開した。

「さて、北村恒平じゃ。

美濃部どのはきっと人を使い、北村恒平の正体を突き止めようと懸命なはずじゃ。正体がわからないのはなんとも不気味で、不安だろうからな。

だが、黒川惣兵衛どのにたどりつけるかどうか」

「旦那、黒川さまは一連の吉原での悪行を許され、その後はのうのうとしているのですかい」

作蔵がやや不満そうに言った。

虎之助も同じ思いだった。

「うむ、そこじゃ。

身共は、北村恒平と黒川惣兵衛は別人として、一連の悪行はすべて北村恒平の指図だったことにして幕引きをした。黒川どのは町奉行所の追及から逃れた気分だったであろう。

しかし、ここにきて、美濃部どのが動きだした。美濃部どのは大御所さまの威光を利用できるからな。さて、どんな手を使うか。

吉原で、美濃部どのの密命を受けた者が北村恒平を探っている。かなり荒っぽい連中のようだ。

その厳しい探索に恐れをなし、北村恒平の配下と称していた者たちはみな姿を隠してしまった。おかげで、吉原からたちの悪い連中が消えた。

つまり、安房守さまが願っていた、吉原の大掃除ができたことになるな」

「ほほう」

虎之助は嘆声を発した。

大沢が続ける。

「黒川どのは、あらたに北村恒平の追及がはじまったのを知り、一難去ってまた一難の気分だろうな。北村恒平と黒川惣兵衛が同一人物だとばれはせぬかと、ビクビクものであろう。

おそらく、屋敷からは一歩も出ることはできまい。まして、吉原に足を踏み入れることはできまい。まあ、一種の閉門だな。黒川どのにとっては、つらい老後になると思うぞ」

「なるほど、そう考えると、相応の罰を受けたことになりやすね」

作蔵が言った。

虎之助も、けっきょく黒川は処罰されたのだと思った。

それにしても、北町奉行の大草安房守と隠密廻り同心の大沢は、北村恒平という架空の名前を実在する人物にすることで、吉原の大掃除をし、かつ美濃部と天童屋の企みを挫《くじ》いたのである。

(う～ん、俺の頭ではとうてい考えつかないな)

虎之助の偽らざる感想だった。

二

田所町の吉村道場で稽古をしての帰り、篠田虎之助はふと思いついて、深川一色町の桜井がどうなっているか自分の目で見てみる気になった。

油堀沿いの道を歩き、桜井の前に来る。

門はぴたりと閉じられていた。人の気配もまったくない。

虎之助が立ち止まって眺めていると、

「おや、虎の尾さま」

と、声をかけられた。

「おや、そのほうは、たしか……」

「へい、津の国屋の清介《せいすけ》でごぜいやす」

岡場所・裾継の女郎屋の若い者だった。

縞の着物を尻っ端折りして、紺色の股引を穿いていた。足元は素足に下駄である。肩に、手ぬぐいをひっかけていた。

津の国屋の遊女を助けたことで、虎之助は清介と縁ができた。虎の尾は、本名を言いたくないためで苦しまぎれにこしらえた表徳《ひょうとく》である。

「そのほう、よく覚えておるな」

「へへ、商売柄、顔は一度見たら、忘れません。名前も一度聞いたら忘れません」

「ほう、それはたいしたものだ。

ところで、つい最近、このあたりで騒動があったと聞いたのだが」

「へへ、騒動が起きたのは、まさにここですよ」

清介が桜井の閉じた門を指さす。

虎之助は驚いたふりをした。

「ここか。しかし、空き家になっているのではないか」

「ここは、もとは桜井という料理屋だったのですがね、天童屋という大店の主人が妾宅《しょうたく》として買い取り、吉原の花魁三人を身請けして、ここに囲っていたのですよ」

「一か所に三人も妾を囲っていたのか」

「へい、そのようでしてね。取っ換え引っ換えして楽しんでいたのか、三人まとめて組んず解《ほぐ》れつして楽しんでいたのかは知りやせんがね」

清介が卑猥《ひわい》に笑う。

虎之助は真相を知っているだけに、吹きだしたいのをこらえた。

「その三人がさらわれたわけか」

「押し入ってきた賊は棒術の達人だったようで、棒一本で、五、六人はいた用心棒をすべて一撃のもとに倒したそうですぜ」

清介が興奮気味に言った。

噂は誇張されて伝わっているようだ。

「あっしは棒術と聞いて、虎の尾さまを思いだしたのですがね」

「おいおい、拙者に疑いがかかっておるのか。拙者が使うのは杖術だ。杖術と棒術は似て非なるものがあってな」

「冗談ですよ。押し入ってきたのは北村恒平という悪党らしいのですがね。北村恒平を追っていた町奉行所のお役人が駆けつけたときには、すでに女をさらって逃げ去ったあとだったとか。

それにしても、北村恒平という悪党は大胆不敵ですな。吉原でさんざん悪事を働いていたそうですぜ。そのかかわりで、花魁三人を狙ったのではないかと言うのが、もっぱら噂です」

「なるほどな」

虎之助は清介の話を聞きながら、大沢靱負の計略にあらためて感心した。

ここまで有名になり、包囲網を築かれると、北村恒平とその配下はもう身動きがとれまい。

また、黒川惣兵衛も同様に、身動きがとれないはずだった。

「すると、もう、ここには誰も住んでいないのか」

「天童屋も、もう妾宅としては使えないでしょうからね。売るつもりではないでしょうか」

「そうか、よくわかったぞ」

「それはそうと、虎の尾さま、津の国屋にお遊びくださいな。藤井さんが待っていますよ」

清介が藤井を出しに使って誘った。

藤井は虎之助が助けた遊女である。一度だけ、間近に見た。十六歳の遊女の妖艶さに、虎之助は圧倒されたものだった。

清介がなおも言う。

「虎の尾さま、あっしがご案内すれば、藤井さんが飛びだしてきやすぜ」

「いや、せっかくだが、拙者の都合もあってのう。そろそろ帰らねば、お屋敷の門限に間に合わぬからな」

虎之助は門限を出しに使って、清介を振りきった。

＊

虎之助が下屋敷に戻ってしばらくすると、長屋に訪問者があった。

「そのほうが、篠田虎之助か」

「はい、さようでございます」

「身共は阿部邦之丞《あべくにのじょう》と申す。殿の御側御用取次《おそばごようとりつぎ》を仰せつかっておる」

藩主久世広周の側近だった。

年齢は三十前後であろうか。

羽織袴姿で、供として中間を連れていた。

虎之助は阿部邦之丞という名前は耳にしていたが、顔を見るのは初めてである。

いったい何事かと、胸の鼓動がやや速くなった。

「ちと、よいかな」

「はい、取り散らかしておりますが、どうぞ、おあがりください」

上がり框に座った虎之助が辞儀をする。

阿部は土間に立ったまま、静かに言った。

「いや、すぐに済む。ここでよい。ついでに、ちょいと立ち寄ったという風をよそおいたいのじゃ。長居をすると、なにかと気をまわす者がいるからな」

「ははあ、さようですか」

「近いうちに、お上屋敷に来てもらいたい。殿がお会いになるそうじゃ」

「え、殿と申されますと……」

虎之助はピンとこなかった。

阿部がかすかに笑った。

「藩主の、久世大和守広周さまじゃ」

「え、お目通りでございますか」

「いや、正式なお目通りはできぬ。そのほうは部屋住みの身だからな。部屋住みの者に正式にお目通りを許したら、それこそどんな憶測が飛び交うやもしれぬ。それは避けたいので、ちと工夫がいるな。そのほう、変装が得意なようじゃのう」

「え、どうして、それをご存じで……」

虎之助は顔から血の気が引くのを覚えた。

阿部の真意はなんなのか。なぜ、阿部はそんな機微まで知っているのか。

これは、またもや藩内の陰謀や対立に巻きこまれるということの前兆なのだろうか。虎之助の脳裏に、関宿で人を斬った記憶がよみがえる。

「心配しなくともよい。

そもそも、そのほうが北町奉行所の隠密廻り同心の配下として働くことについて、北町奉行の大草安房守どのと殿とのあいだをつなぎ、内密の交渉役をつとめたのは、この身共じゃ。

「そのため、そのほうの役目は最初から知っておる」

「さようでしたか」

虎之助は内心、安堵のため息をついた。

阿部は自分が考えた工夫とやらを説明する。

「できるか」

「はい、かしこまりました」

「よし、では、身共は帰るぞ。

そのほうのお父上の、篠田半兵衛《はんべえ》どのの件で、ついでに立ち寄ったことにしよう。

人に聞かれたら、そう答えるがよい。お上屋敷に参上する日や刻限は、追って知らせる」

言い終えると、阿部は供の中間を連れ、さっさと帰っていった。

しばらくすると、下屋敷の責任者である天野七兵衛が顔を出した。

腰には脇差だけを差し、足元は庭下駄だった。

「さきほど、そなたを訪ねてきたのは、たしか御側御用取次の阿部邦之丞どのじゃな」

「はい、さようです」

「阿部どのが、そなたになんの用だったのじゃ」

「じつは、私もよくわからないのですが、父のことをいくつか、尋ねられました」

「ほう、そなたの父上は川関所の役人だったな」

「はい、しかし、そろそろ兄に篠田家の家督《かとく》を譲り、隠居するはずです」

「ほう、川関所の件か」

天野はなんとなく不審そうだった。

関宿の川関所で、なにか改変が起きる前兆と思っているのかもしれない。

追及したいという気持ちのいっぽう、変にかかわりあいにならないほうがよいという用心もあるようだ。

「ところで、わしはときどき、夜中に小便がしたくなって目を覚ますことがあるのだが。

そなたの部屋を見ると、宵の内から灯が消え、早く寝たのだなと思っていると、深夜になって灯がともっていることがあるな」

虎之助はドキリとした。

夜中、抜け道を通って田中屋に行き、深夜になって戻ってくるのを指していた。

いかにも事なかれ主義のようでいて、天野はそれなりに観察しているようだ。

「道場で猛稽古をしたときなど、疲れもあって早く寝てしまうのです。

しかし、そんなときにかぎって、夜中になって目が覚めてしまうことがありましてね。あとは、妙に寝つけないのです。それで、つい深夜になって灯をともすことがありまして。

申しわけございません、ご迷惑でしたか」

「いや、迷惑ではないがな。くれぐれも、火の用心を頼むぞ」

その後、しばらく雑談をしたあと、天野は戻っていった。

三

旗本大草家は三千五百石の旗本で、小日向服部坂の屋敷は敷地が二千坪以上ある。

表門は堂々たる長屋門だった。

長屋門の前に立ったのは、隠密廻り同心の大沢靫負、そして篠田虎之助と原牧之進である。三人とも羽織袴で、腰に両刀を差していた。

「さて、花魁三人と対面じゃ。いや、元花魁だな。いまは、大草家の家臣の娘だからな。迂闊《うかつ》なことを言ってはならん。

三人がぜひ、貴殿らに礼を言いたいとかでな。お蘭どのが機会を作ってくれたわけじゃ」

大沢は言い終わると、腰をかがめて袖門をドンドンと叩いた。

袖門を開けた門番は、大沢の顔を知っているようだった。

「へい、お入りください」

大沢、虎之助、原が袖門から屋敷内に入る。

中間が待ち受けていた。

「お嬢さまはいま、お庭のほうですので、ご案内します」

門から飛石が伸び、式台付きの玄関に向かっている。

飛石伝いではなく、中間は左手に向かった。

しばらく行くと低い板塀で仕切られていて、木戸門がある。木戸門から中に入った。

それまで地面で餌《えさ》をついばんでいた雀の群れが、門が軋む音に驚いていっせいに飛びたつ。

ところどころに立つ木々は枝が茂り、葉も濃い。

大沢が中間に言った。

「お蘭どのは庭で、草花でも愛《め》でておられるのか」

「いえ、薙刀の稽古をなさっておいでです」

中間が真顔で答える。

虎之助はややあっけにとられたが、大沢は笑いをこらえている。「草花を愛でる」など、なかばからかいだったようだ。

右手に広大な母屋があり、左に家臣の住む長屋がある。そのあいだを奥に進んだ。

「えい」

「やー」

女の発する掛け声が聞こえてきた。

ただし、ひとりの声がいかにも凛としているのに対し、もういっぽうの声はいかにも頼りない。

長屋が途切れたところに井戸があり、やや離れて蔵がある。井戸と蔵のあいだが、ちょっとした広場になっていた。

その広場に四人の女がいた。お蘭と、九重、夕霧、瀬川である。

四人とも襷がけをして着物の袖をまくりあげ、足元は裸足だった。それぞれ、稽古用の薙刀を手にしている。

お蘭が三人に薙刀を教えていたのだ。ただし、防具は身に付けていないので、形の稽古であろう。

「お嬢さま、大沢さまがお見えです」

中間が声をかけた。

お蘭が振り向いた。

「おや、大沢さま、篠田さま、原さま。ご足労いただき、恐縮でございます。こんな格好で失礼します」

「先日は、ありがとう存じました」

九重、夕霧、そして瀬川が声をそろえて頭をさげた。

続いて、九重が咲《さき》、夕霧が久《ひさ》、瀬川が勝《かつ》と名乗った。三人は養女になることで、いまは三姉妹だという。

大沢がその場を和《なご》ませるように言う。

「お咲どの、お久どの、お勝どのの美人三姉妹から礼を述べてもらえれば、篠田も原も男冥利《みようり》に尽きるでしょうな。

ところで、お蘭どの、三人に薙刀を教授しているのですか」

「はい。こちらの三人は、これから武士の娘として嫁《とつ》いでいくのですぞ。そのためには、いざというとき薙刀で敵を防ぎ、最後は女としての操《みさお》を守らなければなりませぬ。そのため、薙刀の使い方を伝授しておるのです」

お蘭が誇らしげに言った。

吉原の花魁だった三人はみな、二十歳前後である。それを、年少の十六歳のお蘭が指導していることになろう。

「なるほど、武家の女の心得ですな」

大沢は感心したように言ったが、内心では苦笑しているに違いない。

虎之助は目の前の四人の女を眺めながら、お咲、お久、お勝の美しさに内心、嘆声を発した。

やはり吉原の花魁だっただけに、いまは素人の髪型と化粧をしているが、たたずまいそのものに男を引きつける妖艶な色気があった。

だが、そんな三人以上に、虎之助はお蘭に魅力を感じた。なにより、溌剌《はつらつ》とした若さにあふれている。

そのお蘭が言った。

「座敷で粗茶でも差しあげたいと存じますが」

「いや、殿がご不在のおり、家の中にあがりこむのは遠慮いたしましょう」

大沢は節度を守っていた。

殿とは、大草家の当主の、北町奉行大草安房守のことである。

「ところで、三姉妹は今後、どういうご予定か」

「あちこちから縁談が舞いこんでおりましてね。もちろん、あたしの出る幕ではありません。父親が決めることですから」

父親とは、三姉妹の養父となった、大草家の家臣である。

次々と三人の娘を嫁入りさせることになろう。

「ほう、それはめでたい。

ところで、肝心のお蘭どのの縁談はいかがですかな」

「いえ、あたしは……」

急にお蘭の歯切れが悪くなった。

ほのかに顔を赤らめている。

それを見て、三姉妹がいかにもおかしそうに笑う。

吉原の花魁だった三人からすれば、お蘭はまるで子どもなのに違いない。

「では、われらはこれにて、失礼しますぞ」

大沢が言い、虎之助と原が頭をさげた。


大草家の屋敷を辞去したあと、大沢が言った。

「今回の件では、貴殿らふたりには、おおいに働いてもらった。北町奉行所から報奨金が出るが、事件そのものをおおやけにしたくないのでな。そのつもりでいてくれ」

「はい、心得ております」

ふたりがうなずく。

大沢と別れたあと、虎之助と原は田所町の吉村道場に向かう。

「なんだか、鳶《とんび》に油揚をさらわれる気分だな」

歩きながら、原が言った。

虎之助が聞き返す。

「どういうことだ」

「三姉妹さ。ひとりくらい、こちらにまわしてほしかった」

「おいおい、馬鹿なことを考えるな。吉原の花魁だった女を妻にするなど、貴公の父親が許すはずはあるまいよ」

「いや、身元は清められている。旗本大草家の家臣の娘だぞ」

「ふ～ん、そう言えばそうだな」

「三人はそれぞれ、武士の妻に迎えられることになろう」

「うまく、やっていけるだろうか」

「ある程度以上の武士の屋敷なら、女中や下女、下男がいるから、家事はしなくてよい。男にとって、自慢の妻になるのではないか。

そういえば、我が原家には、下女がひとりいるだけだからな。その点からしても、俺にはやはり無理だな」

原家の様子を聞きながら、虎之助は関宿の篠田家を考えた。

篠田家もやはり奉公人としては、下女がひとりいるだけだった。そのため、母は下女とともに家事にいそしんでいた。

突然、原が話題を変える。

「ところで、お咲、お久、お勝の三人では、貴公は誰が好みだ」

「俺か、う～ん、なんとも言えぬな、う～ん」

「おい、もしかして貴公は、お蘭どのが好みか」

「え、おい、馬鹿を言うな」

虎之助は言い返しながら、頬が赤らむのを覚えた。

そんな虎之助を見て、原が愉快そうに笑った。

四

関宿藩久世家の上屋敷は、大名小路《だいみょうこうじ》と呼ばれる場所にあった。周囲は大名屋敷ばかりである。

七千坪以上ある上屋敷の敷地を、御側御用取次の阿部邦之丞に従い、篠田虎之助が歩いていた。

「それにしても、見事に植木屋に化けたな」

阿部が言った。

虎之助は紺の腹掛に股引、半纏《はんてん》といういでたちだった。頭には豆絞りの手ぬぐいをかぶり、足元は黒足袋に草鞋《わらじ》である。

先日、阿部に植木屋に変装するよう命じられた。

衣装は、隠密廻り同心の大沢靱負にわけを話し、変装道具から借り受けたのである。

「年齢はそのままでよいので、その点は楽でした」

「なるほど、年齢を誤魔化すのは難しいわけか」

いつしか、奥庭に入っていた。

築山《つきやま》と泉水《せんすい》があり、雪見灯籠《ゆきみとうろう》が立っている。植えられた木々は松が多いが、すべて丁寧に剪定《せんてい》されていた。

「たまたま昨日、植木屋が松の剪定をしたところでな。これは偶然なのだが、出入りの植木屋は虎屋という。ピッタリではないか。

そのほうは、このあたりで待つがよかろう。

殿は庭を散策されていて、植木屋を見かけ、気さくにお声をかけられるという形をとる。よいか」

「はい、かしこまりました」

「身共は、あそこで見ておる」

阿部が泉水の反対側にある四阿《あずまや》を指さしたあと、歩き去る。

ひとり取り残された虎之助は、松の木のそばにたたずみ、あとはひたすら待つしかない。

（それにしても、親子関係は奇妙だな）

ふと、脳裏にそんな感慨が浮かんだ。

オランダ人と丸山遊廓の遊女のあいだにできた子が、旗本大草家の娘のお蘭となった。

吉原の遊女だった三人が、大草家の家臣の娘となり、三姉妹はそれぞれ武士の家に嫁ぐ。

そして、関宿藩久世家の当主広周である。

広周は旗本大草家に生まれ、大名久世家の養子となり、そして関宿藩の藩主となった。

「そのほう、植木屋の虎屋の者か」

若々しい声がした。

久世広周である。

「ははっ、さようでございます」

虎之助は最初、相手の顔を一瞥《いちべつ》したが、そのあとは恐懼して面を伏せた。

広周は気さくだった。

「まあ、楽にせよ。父も、そのほうの働きにはおおいに満足しておるようじゃ。おかげで、予も鼻が高いぞ。今後とも、よろしく頼む。なにか困ったことがあれば、阿部に言うがよい」

「ははっ、ありがたき幸せにございます」

広周が歩き去っていく。

大刀をかかげた小姓が供をしていた。

そのときになって、ようやく小姓がそばにいたのに気づいたと言おうか。それほど緊張していたのだ。

虎之助は広周の後ろ姿を見送りながら、どっと汗が出るのを覚えた。

一瞬だったとはいえ、間近に見た広周は若々しかった。今年、二十歳である。考えてみると、虎之助よりも若いのだ。

だが、広周は最近、幕府の奏者番となり、幕閣に地歩を築いた。いずれ、老中になると見られている。

「無事終わったな」

阿部が声をかけてきた。

虎之助は豆絞りの手ぬぐいで額の汗をぬぐう。

「ご無礼のないようにと、ただそればかり考えておりました」

「殿はそのほうを見て、ご満足だったと思うぞ。

では、門の近くまで送ろう」

「いえ、それはあまりに畏れ多いので」

「そのほう、ひとりで門までたどりつけるか」

「それは……」

虎之助は言葉に詰まった。

阿部は愉快そうに笑ったあと、歩きながら言った。

「殿は、そなたの働きに鼻が高いと仰せにならなかったか」

「はい、仰せになられました」

「これは、ここだけの話にしておいてくれよ。

そのほうが美濃部茂矩どのに大恥をかかせたことを、殿はことのほかお喜びでな」

「え、さようでございましたか」

「いまのところ不祥事は隠蔽されておる。というか、暴《あば》くことはできぬ。だが、その時期が来れば、不祥事はあきらかになるだろうな」

阿部は曖昧な言い方をした。

だが、大御所家斉の存在を暗示しているに違いない。つまり、大御所もいずれは死去する……。六十六歳と言う年齢からすると、その時期は意外と早いかもしれない。

大御所が死去すれば、虎の威を借りて私腹を肥やし、専横《せんおう》の限りを尽くしていた美濃部はじめ、側近たちの失脚がはじまるということだろうか。

すでに、政変への準備が進められているのかもしれない。

門が見えてきたところで、阿部が言った。

「では、身共はここまでとする」

五

門弟を集め、道場主の吉村丈吉が言った。

「近日中に、他流試合の武芸者が来る。先日、薙刀でそのほうらを翻弄《ほんろう》した、お蘭どのだ。ただし、その日持参するのは鎖鎌だというぞ。我と思わん者は立ち合ってほしい。

ところで、お蘭どのの身元について、いろいろ憶測が流れているようじゃ。おもしろ半分の噂が広がるのは好ましいことではないので、この際、はっきり申しておこう。

お蘭どのは、北町奉行大草安房守どのの娘御じゃ。じつは、わしは安房守どのとはちょっとした縁があり、

『娘が他流試合をしたがっている。どうにかならぬか』

と頼まれれば、断れなくてな。それで、お蘭どのの他流試合を引き受けた。

ただし、お奉行の娘だからと言って、道場ではいっさい遠慮は無用じゃ。本人も、それを望んでおる」

吉村の話が終わった途端、門弟たちがざわめいた。

先日、女が他流試合に来ることに反発した男も、お蘭の薙刀の実力を目のあたりにしたためか、今回はなにも言わなかった。

原牧之進が笑いかけてきた。

「貴公、当日は休むか」

「馬鹿を言え、かならず来る」

篠田虎之助が言い返す。

「もちろん、俺もかならず来るつもりだが。これから、鎖鎌を想定した稽古をするか」

「う～ん、想定と言ってもな。

そういえば、稲荷町の屋敷の玄関で、鎖鎌の分銅が男の右手首に巻きつくのを見たな。あまりの早業《はやわざ》で、俺はよくわからなかった。たしか、戸田派武甲流と言っておったぞ」

いつしか、ふたりは道場の隅に座りこんでいた。

原が説明する。

「戸田派武甲流についてはわからぬのだが、たまたま原家の縁戚に、二刀神影流《にとうしんかげりゅう》の鎖鎌術を修めた男がいてな。そこで、訪ねていった」

「ほう、貴公、熱心だな」

「だが、かなりの高齢で、しかも中風《ちゅうぶ》をわずらい、片腕が麻痺していてな。そんな状態なので、実演を見せてもらうことはできなかったが、話だけはしっかり聞いてきた」

「ほう、さすが貴公だ。その話とやらを、ぜひ聞かせてくれ」

「二刀神影流の流祖は宮本武蔵だという。武蔵の二刀流が、鎌と分銅の付いた鎖に変化したそうだ。

しかし、これはいわゆる伝説、神話のたぐいだろうな。二刀流の一刀が鎌、もう一刀が分銅鎖に分化したなど、こじつけにすぎんだろうよ」

「ふうむ、貴公はなかなか辛辣《しんらつ》だな。しかし、俺も貴公の言うとおりだと思うぞ」

「二刀神影流は、勝負においては八割、九割は分銅で勝てと教えているそうで、稽古の大半は鎖のまわし方や、分銅の当て方だったというぞ」

「ほう、すると、もっとも警戒すべきは飛びくる分銅だな」

虎之助は内心でうなった。

そのとき、吉村が叱った。

「おい、そのほうら、そこでなにをベチャクチャ、しゃべっておるか」

「はい、申しわけありません」

虎之助と原はあわてて立ちあがった。

＊

吉村道場で稽古を終え、原とも別れたあと、虎之助は永代橋を渡って隅田川を越えた。永代橋を渡り切った先が深川佐賀町である。

虎之助は歩きながら、近日中の他流試合が楽しみだった。

鎖鎌との初めての対戦にわくわくするのはもちろんだが、お蘭とまた会えるかと思うと、胸がときめくものがあった。

（ふ〜む、いざとなれば、思いきり体当たりをするか。しかし、怪我をさせてはいかんからな）

そんなことを考えながら歩いていると、背後から声をかけられた。

「もし、失礼ですが、篠田さまではございませんか」

振り返ると、佐賀町の船問屋・伊勢銀の番頭の伝兵衛だった。

風呂敷包を首にからげた丁稚が供をしている。

外出先から店に戻るところのようだ。

「ほう、伝兵衛どのか。ひさしぶりですな」

「やはり篠田さまでしたか。後ろ姿を見て、篠田さまではないかと思ったのですが、混みあった橋の途中でお声をかけるのは遠慮しました」

「ほう、そうでしたか」

「小網町の井筒屋の件では、篠田さまに大変お世話になったそうで」

「いや、たいしたことはしておらぬのですが、過分の謝礼をいただき、恐縮しております。ところで、その後、変わりはござりませぬか」

「じつは、ちょっと気になることがありまして……。

よろしければ、店にお寄りいただけませんか。すぐ、そこですから」

伝兵衛が伊勢銀に寄るよう、誘った。

伊勢銀にあがると、それなりの接待があるであろう。当然、時間もかかる。

虎之助は西に沈む陽に目をやり、言った。

「いや、門限がある身でしてね。申しわけない。その辺で、立ち話としてもらいたいのですが」

「さようですか。では、こちらへ」

伝兵衛が隅田川に面した河岸場に導く。

伊勢銀の専用の河岸場のようだった。すれ違う船頭や水夫たちがみな、伝兵衛に頭をさげていた。

隅田川の流れを見ながら、虎之助が言った。

「気になることとは、なんですか」

「このところ、お上の船頭に対するご詮議《せんぎ》が急に厳しくなりましてね。なんでも、大御所さまのご信任の厚いお役人が乗っていた屋根舟に、とんでもないご無礼をした船頭がいるようなのです。しかも、苫舟を漕いでいたそうでしてね」

「ほう、どういうことですか」

「西原和三郎いうお武家さまが、あたくしども伊勢銀にお越しになり、

『こういう年恰好《としかっこう》の船頭は知らぬか』

というお尋ねでした。

番頭のあたくしが応対したのですが、西原さまがおっしゃる容貌や身体つきがどことなく篠田さまに似ておりましてね。あたくしは、ふと篠田さまを思いだして、おかしくなりましたよ」

「ほう、拙者に似ている船頭となれば、さぞ色男でしょうな」

虎之助は軽口を叩く。

伝兵衛も笑っていた。

「目星はついたのでしょうか」

「西原さまはほかの船問屋や船宿もまわっておられるようでしたが、江戸には、船問屋や船宿に雇われている船頭は多いですからね。いや、江戸ばかりではありません、たとえば関宿から江戸に出てくる船頭もいます。

それを考えると、何百人か、何千人か。年齢、容貌や身体つきから船頭を突き止めるのは、まず無理でしょうね」

「う〜む、そうでしょうな」

「じつは、気になると申しましたのは、別のことでして。

西原さまが、

『北村恒平という男について、なにか知っていることはないか』

と、お尋ねになったのです。

あたくしもドキリとしましてね。

小網町の井筒屋の若旦那を強請ろうとしていたのが、たしか北村恒平の一味だったと聞いておりますが」

「うむ、さよう。その件で拙者は、井筒屋の番頭の七郎兵衛どのとともに吉原に調べにいったのですが、けっきょく北村恒平の実態は不明でした。

お手前は西原どのに、どう答えたのですか」

「へたにお答えして、井筒屋を巻きこんではいけませんから、西原さまには、

『北村恒平など聞いたことがございません』

と、お答えしました。

しかし、なんとなく不気味でしてね。いったい、何者なのでしょうか」

「北村恒平は、江戸の裏社会を牛耳《ぎゅうじ》る闇将軍なのかもしれませぬ。あるいは、まったく架空の人物で、悪党どもは北村恒平なる大親分がいると見せかけているだけなのかもしれませぬ。

しかし、いま、町奉行所が総力をあげて北村恒平を追っていると聞き及んでおりますぞ」

「なるほど、ふたつの見方があるわけでございますな。しかし、お奉行所が追っているとなると、もう、おおっぴらな動きはできますまい。ちと、安心でございますな。

篠田さまにお話しして、あたくしもちょいと気が楽になりました。

では、これで失礼します。お引き止めして、申しわけありませんでした」

「なんの、いつでも気軽に声をかけてください」

虎之助は伝兵衛と別れたあと、またもとの思案に戻った。

吉村道場からの帰り道、ずっと鎖鎌対策について考えていたのだ。

かつて、兄から『孫子《そんし》』の一節を教えられ、いまも覚えている。


彼を知り己《おの》れを知れば、百戦して殆《あや》うからず。


つまり、勝利を得るためには、まず敵を知らなければならない。

ところが、お蘭はすでに薙刀で杖と対戦した経験があり、いわば敵を知っているのに対し、虎之助は鎖鎌との対戦経験はないため、敵を知らない。

圧倒的に不利だった。

では、この状況をどう打開するか。

(まず、原牧之進に最初に戦わせ、その様子を見てから、対戦しようか)

ふと、姑息な対策が頭に浮かんだ。

だが、そんな自分をすぐに戒《いまし》める。

(おいおい、いじましいことを考えるな。それに、あいつのことだ、きっと俺と

同じことを考えるぞ）
道場の光景を想像する――。
お蘭を前にして、虎之助が原に言う。
「貴公、お先にどうぞ」
「いや、貴公こそ、お先にどうぞ」
おたがい、先を譲りあう。
そんな場面を想像しながら、虎之助は笑ってしまった。
（一見、奥ゆかしい謙譲のようでいて、ずるがしこい駆け引きだな）
そう思った途端、虎之助は初戦を原に押しつける作戦は、あっさり捨てた。
では、どうするか。
少なくとも、杖は鎖鎌に対して手も足も出なかった、という事態だけは避けたい。
（そうだ、俺が分銅鎖《ふんどうぐさり》の稽古をすればよいのだ）
はたと、思いついた。

田中屋の猪之吉に頼めば、鎖は入手できるであろう。先端の分銅は簡単に手に入らないかもしれないが、とりあえず適当な重さの石をくくりつければよい。

さいわい、下屋敷の庭は広大である。

庭で分銅鎖をビュンビュン振りまわしても、人に当たる心配はなかった。

自分で分銅鎖を振り、投げてみれば、その動きがわかるであろう。そして、対処法も編みだせるに違いない。

(そう簡単には負けんぞ)

虎之助は心のなかで、お蘭に向かって言う。

飛来する分銅をすばやく杖で受け、あるいは軽やかにかわす……。

面金越しに見るお蘭の顔に驚きが広がるのを想像すると、虎之助は愉快になってきた。

コスミック・時代文庫

最強《さいきよう》の虎《とら》

二

隠密裏同心 篠田虎之助

2023年6月25日　初版発行

【著 者】
永《なが》井《い》義《よし》男《お》

【発行者】
相澤　晃

【発 行】
株式会社コスミック出版
〒154-0002 東京都世田谷区下馬 6-15-4
代表　TEL.03(5432)7081
営業　TEL.03(5432)7084
　　　FAX.03(5432)7088
編集　TEL.03(5432)7086
　　　FAX.03(5432)7090
【ホームページ】
http://www.cosmicpub.com/

【振替口座】
00110-8-611382

【印刷／製本】
中央精版印刷株式会社

ISBN978-4-7747-6478-8 C0193